수초 수조

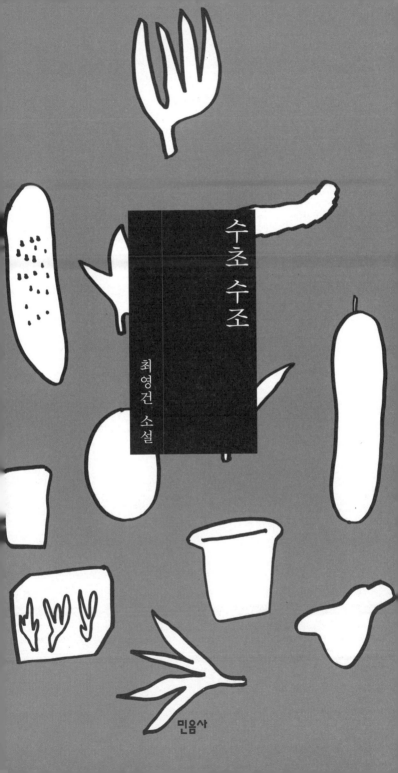

수초 수조

최영건 소설

민음사

차례

플라스틱들

유리 너머로 보이는 눈송이는 너무 무겁지도 가볍지도 않은 무게를 가지고 있는 듯했다. 눈은 천천히, 하지만 묵직하게 허공을 가로질러 정원의 바위에 착지했다. 이미 정원에는 적지 않은 양의 눈이 쌓여 있었다. 400평이 조금 못 되는 서계의 넓은 정원은 겨울이 되어 이미 여러 번 눈 덮인 모습으로 변했었다. 눈 소식이 빈번한 해였다. 서계는 일손을 고용해 키 큰 나무와 유리 온실에 쌓인 눈을 털어야 했다. 작은 관목을 덮은 눈 더미는 마주칠 때마다 직접 털어 내기도 했다. 눈은 나뭇가지를 부러뜨리고, 방부목이 깔린 정원 발코니의 가느다란 틈새에 스며들고, 진흙과 뒤섞여 얕은 웅덩이들을 만들었다. 서계는 건강한 노인이었지만 시골 주택을 관리하기 위해서는 한 사람의 노인이 전부 감당하기 어려울 만큼 많은 힘과 의욕이 필요했다. 남편이 살아 있었을 때 이 거대한 정원은 그들만의 아늑한 보금자리처럼 느껴졌으나 혼자가 된 서계에게 겨울 정원은 손이 많이 가는 쓸쓸한 공간이었다. 그럼에도 서계는 정원이 딸린 이 시골집을 쉽게 등질 수는 없었다. 정원에는 작은 유리 온실과 이층집만큼이나 높게 자라난 호두나무, 늙은 공작단풍과 버드나무, 감나무가 있었고, 담벼락 근처에는 빨간 열매를 잔뜩 매단 남천들도 줄지어 있었다. 언젠가는 블루베리를 심은 적도 있었지만 그 조그만 과실나무는 결국 한 번도 제대로 열매를 맺지 못하고 벌레들의 공격에 기운을 잃어버렸었다. 남편이 살았을 때 일어났던 작은 사건이었다.

집에서 가장 가까운 곳에 심어진 것은 자두나무였다. 자두나무는 매년 여름 작고 검은 자두들을 매달고서 잎사귀 아래로 소박한 그늘을 드리웠다. 자두나무의 나뭇가지는 서계의 손이 닿을 만한 높이로 낮게 자라나 있었기에 여름이 오면 노인은 어느 한나절을 반드시 자두를 따며 보내고는 했다. 가지에 매달린 자두는 빛깔이 검붉고 무게가 묵직했다. 맛은 떫고 신 편이었지만 잼으로 만들기에는 나쁘지 않았다. 블루베리나 자두에 비해 감나무는 수확이 더욱 좋은 편이었다. 가을이 되면 서계의 집을 찾아온 친구들이 주홍색으로 익어 가는 감을 보고 저마다 감탄이나 칭찬의 말을 입에 담았다. 서계는 감이 다 익으면 아들을 불러 감을 따 달라고 부탁했다. 큰아들은 외국으로 떠난 지 오래였기에 감을 따는 것은 매년 작은아들의 역할이었다. 작은아들 가족은 서계의 집에서 별로 멀지 않은 곳에 살았다. 평소에도 아들 부부와 두 손녀가 자주 서계를 만나러 찾아오고는 했다. 그들은 함께 밥을 먹고, 영화를 보고, 책을 읽거나 음악을 들었다. 사려 깊은 젊은 부부는 서계를 좋아하는 동시에 존중하기 위해 노력을 기울였다.

그러나 언제부턴가 네 사람이 집으로 찾아올 때면 서계는 사랑과 슬픔을 동시에 느껴야만 했다. 해마다 그 기묘한 감정은 고요하고 강력하게 커져 나갔다. 슬픔은 의외의 문제에서 모습을 드러내고 있었다. 시간이 흐를수록 큰손녀가 서계의 남편을 쏙 빼닮은 모습으로 자라났던 것이다. 서계는 아이의 얼굴을 볼 때면 언제나 자신이 가장 사랑했던 사람의 흔적을 발견했다. 둥그스름한 이마와 햇빛을 받으면 금갈색으로 보이는 연하고 부드러운 흑발, 짙은 눈썹과 총명해 보이는 눈매. 서계는 가끔 과거를 매개하는 그 아름다운 이목구비를 하염없이 응시하고 싶은 충동을 느꼈다.

새해가 오면 큰손녀는 일곱 살, 작은손녀는 여섯 살이 되었다. 어린아이들은 넘쳐흐르는 생명력으로 머무는 곳 어디에나 자신들의 흔적을 남겼다. 아이들은 겨울이 되면 서계의 집에 더욱 오래 머물고는 했다. 눈이 내린 겨울날 아침이면 그들은 정원의 눈에 반사된 반짝거리는 은빛 햇살을 보며 색과 빛에 대히여 새로운 깨달음을 얻었다. 여름에는 배울 수 없는, 흰색으로 인한 서늘한 기쁨이 겨울의 정원에는 마련되어 있었다. 눈이 가득 쌓인 날이면 아이들의 어머니인 민서는 딸들과 함께 정원에서 작은 눈사람과 눈토끼를 만들었다. 서계는 창밖으로 아이들이 노는 모습을 보며 차를 끓였다. 단것을 좋아하지 않는 노인의 집에는 아이들이 올 때면 언제나 노인을 위한 것이 아닌 초콜릿과 캐러멜, 쿠키, 겨울 과일로 만든 콩포트가 마련되었다. 때로는 노인이 직접 빵이나 과자를 굽기도 했다. 호두와 귤을 넣은 파운드케이크와 유자차, 생강청을 넣어 향긋하게 조리한 고기 요리들을 내놓을 때도 있었다. 아이들은 편식이 없었고 언제나 건강하며 생기 있었다. 웃음소리, 그것은 느리고 희미하게 계속되는 노인의 시간이 부여받을 수 있는 최고의 당위처럼 느껴지고는 했다.

서계는 사실 아이를 좋아하는 노인은 아니었다. 어머니가 되어 본 여성이라면 누구나 아이를 사랑할 것이라는 편견과 달리, 서계는 아이들을 보면서 아직도 어떻게 대하면 좋을지 알 수 없다는 느낌에 사로잡힐 때가 더 많았다. 아이들은 저마다 너무도 다른 눈빛과 생각을 지니고 있었다. 시간이 흐르면 처음에는 별것 아니었던 사소한 차이들이 아이들과 함께 자라나 그들을 전혀 다른 모습으로 성장시켰다. 서계의 아들들도 어릴 때는 영원히 서로를 떠나지 못할 것처럼 서로 비슷하고 마음이 통하던 형제였다. 그러나 정확히 특정할 수 없는 어느 시기가 지나고, 그들은 점점 더 각자 다른 모습으로 변해 갔다. 서로 달라져 버렸다고 해서 그들이 서로를 사랑하지 않는 것은 아니었다. 아들들은 여전히 상대를 존중하고 아끼는 형제였지만 이제 명절이 아니고서는 서로 얼굴을 마주하는 일조차 드물었다. 큰아들이 외국으로 나가 살게 된 것도 사이가 소원해진 큰 이유였으나 그것만이 전부는 아니었다. 아무리 긴 시간과 먼 거리를 사이에 두고 지내던 사람들이라고 해도 서로 닮은 영혼들은 상대를 알아볼 수 있다. 아들들은 만나면 안부를 물었고 미소를 지었지만 서로를 그리워하지 않았다. 과거에 대해 가장 많이 떠올리는 사람은 서계였다. 그 사실이 슬프진 않았지만 때로 너무나도 낯설었다. 한때 이곳에 있었던 것들이 이제는 모두 사라졌다는 것. 더는 누구도 그때와 같을 수 없어졌다는 것.

아이들은 언제나 미래를 향해 아무것도 모르는 얼굴로 자라났다. 서계는 손녀들을 사랑했으나, 동시에 그 사랑이 벌써부터 서서히 이곳에 자신을 홀로 남겨 두고 손녀들과 함께 또 다른 미래를 향해 떠나가고 있다는 사실을 감지했다. 노인은 그런 생각을 하는 자신이 조금도 좋지 않았다. 이것은 어른스럽지도 할머니답지도 못한 생각이다. 두 아들을 키워 낸 어머니답지도 한 남자의 사랑스러운 배우자로 살아온 여자답지도 않은 생각이다. 그런데도 왜 이 생각은 이 자리에 존재하고 있는 것일까.

서계는 남편의 얼굴을 떠올렸다. 그는 서계에게 불안을 함께 마주해 준 유일한 사람이었다. 그 아득하고 친숙한 얼굴은 그를 닮은 소녀의 얼굴로 변했다가 청록색 꿈이 되었다. 잠을 설치던 노인은 푸르스름한 새벽 동이 터 오는 창문을 바라보다가 비로소 눈을 감았다. 시간이 흐르는 것은 여전히 불가해하고 낯선 일이었지만 죽은 자의 얼굴을 산 자에게서 또다시 발견할 수 있다는 것은 늙어 버린 서계가 비로소 목격한 놀라운 진실이었다. 노인은 얕은 기침을 삼키며 두 손을 가슴에 모으고 옅게 잠이 들었다.

"저녁에 잠깐 나만 집에 들러서 애들하고 내 짐을 챙겨 오려고. 여기서 며칠 지내며 살펴봐 드리는 게 나을 것 같아. 어머님은 괜찮다고 하시는데 걱정이 되네. 올해가 워낙 추워서 노인분들 건강이 나빠지시는 일이 많대. 어머님은 아직 그냥 가벼운 감기 같기는 하신데 그래도 혹시 모르잖아."

민서는 침대에 걸터앉아 휴대전화를 귓가에 대고 말

했다. 민서의 말을 들은 남편의 목소리에는 걱정과 고마움이 배어 있었다. 오늘 민서와 아이들을 맞이해 준 서계는 안쓰러울 만큼 건강이 좋지 않아 보였다. 서계는 그저 감기라고 했지만 병약해진 노인을 이 큰 집에 혼자 남겨 두고 가는 것도 마음에 걸리는 일이었다. 다행히 아이들은 할머니 댁에서 지내는 것을 제법 좋아했다. 비록 와이파이가 잘되지 않기는 했지만 숨바꼭질하기 좋은 다락과 넓은 정원, 최신형 컴퓨터까지 갖추어져 있는 서계의 아름다운 시골 주택은 아이들에게 즐거운 일이 일어나는 따뜻한 보금자리였다. 민서는 아이들이 도시의 시시한 인터넷 문화나 텔레비전 방송 따위에 빠져들어 한정된 일들로만 시간을 보내게 되는 것을 늘 경계했다. 많은 여행을 다니고, 전시와 공연을 보고, 때로는 이렇게 시골을 방문해 자연의 존재에 눈뜨게 되기를 원했다. 딸들은 지금도 집에 있을 때와는 달리 정원에 나가 눈밭을 뛰어놀고 있었다. 2층 창문 밖으로 작은아이가 큰아이를 향해 동그랗게 만든 눈을 집어 던지는 모습이 보였다. 큰아이의 가슴에 부딪힌 눈은 산산이 부서져 바닥으로 떨어졌다. 작은아이는 활짝 웃으며 다시 눈을 뭉쳤다. 큰아이의 표정은 고개를 숙이고 있어 보이지 않았다. 휴대전화 속에서 남편이 고마워, 사랑해, 부드러운 목소리로 말했다. 민서는 통화를 마치고 1층 거실에 있을 서계에게 가 보기 위해 침실 문을 나섰다.

서계는 거실 소파에 앉아 창밖을 바라보고 있었다. 담요를 덮은 서계는 아이들 가운데 하나인 것처럼 조그마했다. 그러나 핏줄이 비칠 만큼 창백하고 주름진 피부와 은색에 가까운 백발, 흐린 푸른빛을 띠게 된 회갈색 눈동자는 노인만이 가질 수 있는 것이었다.

"대추차 좀 더 드릴까요?"

서계는 민서를 보고 힘없이 미소 지으며 고개를 저었다.

"애들이 감기라도 옮을까 봐 걱정되는데. 정말로 여기서 자고 갈 생각이니?"

"애들만 집에 두는 것보다는 낫죠."

"나는 정말로 괜찮은데."

민서는 서계에게 다가가 비어 있는 대추차 잔을 집어 들었다. 부엌으로 걸어가며 농담처럼 말했다.

"겨울이잖아요. 이 집은 혼자 계시기에는 너무 커요. 크고 너무 추워요."

싱크대에서 컵을 씻는 물소리가 이어졌다. 서계는 다시 창문 밖을 내다보았다. 작은아이가 큰아이를 향해 조금 전보다 더 세게 더 큰 눈 덩어리를 던지고 있었다. 큰아이가 얼굴과 가슴 앞으로 양팔을 내밀어 날아드는 눈을 막았다. 아이의 패딩 점퍼 위로 흰 눈이 마구 흩어졌다. 작은아이가 언니를 보고 신나는 듯 웃음을 터뜨렸다. 큰아이는 손으로 팔과 어깨에 묻은 눈을 털고, 다리를 흔들어 바지에 묻은 눈을 털었다. 그러다 발을 굴러 눈을 떨어뜨리려던 아이의 다리가 가볍게 중심을 잃었다. 언니가 넘어져 눈에 묻힌 모습을 보고 동생은 잠깐 당황했다가 더 크게 웃음을 터뜨렸다. 서계는 밖으로 나가서 넘어진 아이에게 괜찮은지 물으려다가 고개를 돌려 민서를 보았다. 어머니가 잠자코 있는데 할머니가 나설 필요는 없었다.

"애들을 이만 들어오라고 할까? 저러다 감기라도 걸리면 어째."

민서는 거실 한편에 선 괘종시계를 바라보았다. 시간을 확인하고 서계에게 미소 지었다.

"30분까지만 놀고 들어오기로 했어요. 앞으로 조금 남았으니까 약속한 시간이 되면 저희들끼리 알아서 들어올 거예요."

민서는 아이들과 크고 작은 일에서 매번 약속들을 상의해 만들어 냈다. 아이들은 대부분의 약속을 잊지 않고 지켰다. 간식 먹을 시간, 공부할 시간, 컴퓨터 할 시간, 잠자리에 들 시간에 대한 약속들이 매일 꾸준히 반복되었다. 더욱 중요한 약속들도 있었다. 서로에게 써서는 안 되는 말에 대한 약속이나 절대 해서는 안 되는 일에 대한 약속을 지키지 않으면 아이들은 시간에 대한 약속을 지키지 않았을 때보다 더 부끄러워했다. 민서 부부는 다른 가정에 비해 사교육에 대한 강박이 강하지 않은 부모였다. 초등학교도 들어가기 전인 아이들에게 미리 지나친 공부를 강요할 필요가 없다고 생각했던 것이다. 덕분에 아이들은 매주 목요일 수학 과외를 받는 것을 제외하고는 다른 학원에 다니지 않았다. 물론 아이들은 둘 다 어릴 때부터 민서 본인을 통해 영어와 피아노를 배웠기에 그 두 가지라면 또래에 비해 부족하지 않은 실력을 갖고 있었다.

그러나 외국어나 수학 따위보다 민서가 더욱 중요하게 여긴 것은 인성에 관한 교육이었다. 남편도 생각이 다르지 않았다. 아이들은 똑똑한 사람이기 전에 올바른 사람이어야 했다. 민서는 올바르다는 말이 지니는 명쾌하고 단호한 어감을 좋아했다. 민서 자신도 올바른 사람이 되기를 바랐다. 그녀는 가족 모두가 평등하게 자신의 생각을 드러낼 수 있고, 또 서로가 서로의 생각을 존중해 주기를 바랐다. 부모와 자식의 관계가 그래야 했고 자식들 사이의 관계가 그래야 했으며 남편과 그녀의 관계가 그래야 했다. 민서는 그 믿음에 따라 남편을 설득하고 아이들을 이끌어 나갔다. 미국에 있는 민서의 부모님은 물론이고 남편의 어머니 서계도 민서의 가족에게는 나쁘지 않은 동반자들이었다. 서계는 지금까지 한 번도 민서에게 불쾌한 무언가를 강요한 적이 없었다. 아이들 교육에 섣부른 참견을 한 적도 없었다. 때로 서계가 아이들 가운데 큰애를 유독 좋아한다는 느낌이 들었지만, 그 연령대의 노인으로서 서계는 이미 충분히 훌륭한 인격자였다. 주위의 결혼한 여자들이 불쾌하고 가부장적인 시어머니로 인해 얼마나 큰 고통을 받고는 하는지 알고 있던 민서는 지금의 서계에게 만족했다.

정원에서 놀던 아이들은 민서의 말대로 약속한 시간이 되자 알아서 집 안으로 들어왔다. 아이들은 눈이 묻어 설탕을 뿌린 생강빵들처럼 변해 있었다. 서계는 아이들에게 다가가 패딩 벗는 것을 도와주었다. 큰손녀는 패딩을 벗다 말고 돌연 서계의 허리를 끌어안고 배에 얼굴을 묻었다. 서계는 멈칫했다가 아이의 머리를 쓰다듬어 주었다. 올이 가는 머리카락들에서 샴푸와 눈 냄새가 풍겼다.

"왜 그래, 춥니?"

아이가 고개를 저었다. 작은애의 패딩을 손에 들고 있던 민서는 서계에게 다가가 큰애의 패딩을 받아 들었다. 두 아이들을 욕실로 이끌었다. 서계는 욕실로 가는 아이들의 뒷모습을 보다 거실 벽난로로 다가가 불을 지폈다. 평소에는 잘 쓰지 않았지만 아이들은 벽난로를 좋아했다. 서계는 불이 붙은 난로 앞에 잠시 앉아 타들어 가는 나무와 주홍색 불꽃을 바라보았다. 아이들이 씻고 나오면 식사를 할 것이다. 노인은 나른하고도 무거운 눈길로 불꽃을 응시하다가 문득 초인종 소리를 들었다. 택배가 온 모양이었다. 아이들이 나오면 도착한 것을 보고 좋아할 거란 생각에 노인은 웃으며 자리에서 일어났다.

"언제 이런 걸 다 사셨어요? 아무리 애들이 골랐어도 너무 비싸 보이는데……."

거실로 돌아온 민서는 택배 상자를 반기는 아이들 사이에서 당황한 표정을 지었다.

"비싸기는. 내가 이 나이에 어디다가 돈을 쓰겠니. 나중에 내가 가져다주려 했는데 오늘 이렇게 같이 있을 때 도착해서 애들도 심심하지 않고 다행이다."

아이들은 이미 상자에 무엇이 들었는지 아는 듯했다. 민서 몰래 아이들과 서계가 함께 장난감을 골라 주문한 것 같았다. 아마도 아이들이 인터넷에서 본 장난감을 서계에게 사 달라고 은근히 조르기라도 한 모양이었다.

"그래도 죄송한데……."

나중에 아이들을 단단히 나무라야겠다고 생각하며 민서는 한숨을 삼켰다. 그런 민서의 생각을 짐작한 듯 서계가 민서의 팔에 가볍게 손을 얹으며 미소 지었다.

"엊그제 너희 왔을 때 애들이 뭘 보길래 내가 뭘 보는지 좀 살펴봤는데, 애들 장난감이 내 눈에도 너무 예뻐서 그냥 사 줬다. 애들이 사 달라고 한 게 아니니까 애들더러 뭐라고 하지 마라. 너한테 물어볼까 하다 네가 또 미안해할 것 같아서……."

팔에 닿는 노인의 손은 겨울날 잎이 없는 나뭇가지처럼 가늘고 차가웠다. 민서는 노인의 눈을 잠시 들여다보다가 팔에 닿은 손에 손을 겹쳤다.

"알아요. 감사해요."

아이들은 커다란 택배 상자 두 개를 둘러싸고 앉아 저마다 하나씩 상자를 열어 보고 있었다. 큰애가 여는 상자는 작은애 것보다 더욱 거대했다. 크기만 보아도 가격이 상당할 것 같아 민서는 마음이 편하지 않았다. 잠시 후 큰애가 꺼내 든 것은 주름 하나 없이 말끔하고 반들거리는 플라스틱 블록 세트였다. 박스에는 연녹색 블록들로 만들어진 으스스한 빅토리아풍 성이 인쇄되어 있었다. 성 안으로는 드라큘라와 유령으로 보이는 작은 인형들도 보였다. 빅토리아 고딕 스타일의 유령 성이라니 귀엽기는 해도 색다른 선택이었다. 작은애가 고른 장난감은 마론 인형 같았다. 흑갈색 머리칼을 위로 말아 올린 여자 인형은 검은 레이스에 감싸인 분홍색 머메이드 드레스를 입고서 같은 새틴 소재의 분홍색 숄을 팔에 두르고 있었다. 분홍빛을 강조한 화장이 공들여 칠해진 인형의 얼굴은 의외로 미소 대신 찡그리듯 시큰둥한 표정이었다.

"왜 애를 골랐어? 애는 화내고 있는 앤데?"

민서는 저도 모르게 아이에게 물었다. 작은애는 엄마를 돌아보며 할 말을 찾듯 입을 벌렸다.

"웃는 애는 이미 있어."

듣고 보니 틀리지 않은 이야기였다. 작은애는 사람 모양을 한 인형을 좋아하는 편이었기에 여러 종류의 마론 인형을 이미 갖고 있었다. 그중에는 수줍게 웃거나 활짝 웃는 얼굴을 한 인형들이 대부분이었다. 그렇지 않은 표정을 한 인형도 하나쯤 이미 있었던가? 기억이 잘 나지 않았다. 민서는 큰애의 장난감 쪽으로 고개를 돌렸다.

"너는 왜 이걸 골랐어? 이런 성에서 사는 게 좋아? 유령들이 밤에 우리 가족 잡아먹으려고 오면 큰일 날 텐데?"

"아니야, 유령은 밥 안 먹어."

"네가 그걸 어떻게 알았는데?"

큰애가 갑자기 고개를 들어 민서를 바라보았다. 민서는 아이가 왜 그런 표정을 짓는지 이해할 수 없어졌다. 아이는 왜 그러는지 돌연 토라져 보였다. 아마 성을 칭찬해 주지 않아서 기분이 상한 것 같았다. 아이는 엄마를 가만히 쏘아보다가 서계를 향해 휙 고개를 돌렸다. 서계를 보며 중얼거렸다.

"유령은 원래 밥 안 먹어. 할머니도 알아."

민서도 무심코 서계를 돌아보았다. 서계는 미소만 지을 뿐 아무 말도 하지 않았다. 적당한 할 말을 찾지 못한 것일지도 몰랐다. 민서는 아이를 보며 장난스럽게 말했다.

"그럼 제사 지낼 때는 뭐야? 제사는 돌아가신 조상님들이 와서 식사하시고 가는 건데? 그럼 조상님들은 유령이 아니야?"

"그럼 엄마는 우리 가족이 제사에서 먹는 밥이야?"

그 순간 뒤쪽에서 웃음소리가 들렸다. 서계가 작게 웃음을 터뜨렸다.

"우리 애기가 할머니보다 더 똑똑하네?"

민서는 멈칫 서계 쪽을 돌아보았다가 뒤늦게 자신도 미소를 지었다. 할머니보다 똑똑한 게 아니라 엄마보다 더 똑똑한 거겠죠, 그렇게 말하려다가 그만두었다. 그 사이 큰애는 다시 블록 상자를 만지작거리고 있었다. 아이 몸집과 비슷하게 느껴질 만큼 커다란 종이 상자를 끌어당기고 기울일 때마다 상자 속에서 작은 플라스틱 조각들이 서로 부딪치는 작은 소리가 들렸다. 이윽고 아이는 결심한 듯 상자 모서리에 손을 가져가 엄지와 검지로 종이 귀퉁이를 뜯었다.

"엄마가 도와줄까?"

아이가 고개를 저었다. 큰애가 상자를 뜯는 것을 본 작은애가 언니 곁으로 다가가 고개를 내밀고 상자를 바라보았다. 작은애의 손에는 어느 틈엔가 마론 인형 상자에서 꺼낸 조그만 플라스틱 고양이가 들려 있었다. 작은애는 작은 고양이를 손에 움켜쥐고 언니를 지켜보기 시작했다. 바닥에 남겨진 마론 인형 상자 속, 아직 상자와 연결된 끈에서 풀려나지 못한 마론 인형의 검은 눈과 머리카락 위로 미지근한 겨울 햇살이 드리워져 있었다. 민서는 인형이 빛에 바랠 것 같아 다가가서 상자를 볕이 들지 않는 곳으로 옮겨 놓았다.

성을 조립하기 시작한 뒤 큰애는 지칠 줄 모르고 그 일에 몰두했다. 집에도 작은 블록 놀이 세트들은 몇 개 있었지만 이렇게 규모가 큰 세트는 처음이라 그런지도 몰랐다. 너무 어린 아이들은 작은 블록 조각들을 가지고 놀다가 삼켜 버릴 위험도 있었기에 지금보다 더 어릴 때는 일부러 이런 종류의 장난감을 가지고 놀지 못하도록 단속했었다. 그러나 지금 신이 나서 조립 설명서를 들여다보는 딸의 모습을 보니 진작 사 줬더라면 좋았겠다는 생각을 지울 수 없었다. 민서는 장난감이 도착한 날 밤 잠들기 전에 저도 모르게 온라인에서 판매 중인 블록 세트들을 검색해 보았다. 레고나 옥스포드, 최근에는 중국에서 나온 블록까지 플라스틱 블록 제품들은 꽤 다양했다. 그중에서도 서계가 아이에게 선물한 것은 성인을 위한 수십만 원대의 제품이었다. 이렇게 비싼 장난감을 말도 없이 사 주시다니 이번 일이 다시금 당황스럽게 느껴졌다. 물론 민서가 아이들에게 사 주는 물건 중에서도 이만큼 고가인 제품이 아예 없는 것은 아니었다. 아동용품 중에는 어른을 위한 것 이상으로 사치스

러운 물건이 많았다. 길게 가지고 놀지도 못할 장난감이
나 얼마 입지도 못할 옷들이 터무니없는 가격으로 판매
되기도 했다. 그렇다고 해도 민서는 이유 없이 받는 선물
에 익숙하지 않았다. 민서의 부모는 한 번도 평범한 날
갑작스러운 선물을 해 준 적이 없었다. 선물을 받기 위
해서는 항상 노력이 필요했다. 민서와 민서의 언니는 때
로 더 나은 결과를 두고 서로를 의식하기도 했었다.

민서는 퍼뜩 무언가를 깨닫고, 이번에는 작은애가 받
은 마론 인형을 찾아보았다. 많은 인형들이 나타났지만
그중에서 작은애가 갖게 된 인형을 찾기는 쉽지 않았
다. 어둠 속에서 휴대전화를 들여다보고 있으려니 금세
피로가 몰려왔다. 눈이 아파 온 민서는 휴대전화를 내
려놓고 손으로 눈가와 콧등을 눌렀다. 민서가 찾은 마
론 인형 세트들 중에는 아이의 것보다 더 다양한 물건
과 옷이 든 큰 세트도 있었고, 비슷한 세트도 있었다.
그러나 어떤 것이든 큰애가 받은 선물보다는 저렴했다.
어차피 장난감은 아이들이 저마다 골랐으니 각자 무엇
을 받게 되었든 그것은 아이의 의지를 존중한 결과였
다. 그럼에도 불구하고 큰애가 유독 놀랄 만큼 비싼 선
물을 받게 되었다는 사실이 마음에 걸렸다. 서계는 큰
애를 더 예뻐했다. 아무리 공평을 가장해도 감출 수 없
는 마음이었다.

겨울밤의 어둠 속에서, 민서는 어렴풋이 언니가 이따

금 투덜거리던 말을 떠올렸다. 어린 시절이 지나고 좀 더 나이가 든 뒤로 언니는 스스로가 편애의 피해자라고 주장하고는 했다. 민서는 그 말을 부정할 수 없었다. 부모님은 언니와 민서를 모두 사랑했으나 민서를 더 좋아했다. 자신을 더 좋아하는 사람들과 함께 있을 때의 섬뜩하고도 만족스러운 순간들, 그것이 과연 민서 자신에게 부재했다고 말할 수 있을까? 민서는 무심코 힘주어 눈을 감았다.

햇빛이 먼지로 흐려진 유리를 넘어 서계의 손을 비추었다. 서계는 소나무 분재들에서 뻗어 나온 조그만 가지를 가위로 자르는 중이었다. 희게 칠해진 철제 골격의 아담한 유리 온실은 두 구역으로 나뉜 형태였다. 입구를 기준으로 앞쪽에는 분재와 난 화분들이 진열된 선반이 설치되었고, 타일이 깔리지 않은 뒤쪽 바닥에는 허브들이 심어져 있었다. 분재와 난을 기르는 취미를 갖고 있었던 것은 서계의 남편이었다. 남편이 죽은 뒤 서계는 그중 특히 아끼던 화초들 몇 가지를 제외한 나머지를 남편의 친구들에게 모두 선물했다. 남은 화초는 서계 자신이 매일 공들여 돌보았다. 선반의 화분들과 달리 타일 없는 흙바닥에 있는 허브는 민서 가족이 심은 것이었다. 원래는 서계가 튤립이나 백합 구근을 심거나 아니면 그냥 내버려 두던 밭이었다. 민서 부부가 집에 자주 찾아오게 되면서 비어 있던 공간은 허브밭으로 변했다. 이제는 온실에 들어가면 난꽃의 향기보다도 강렬한 로즈메리와 라벤더 향을 맡을 수 있었다.

분재를 손질하는 서계 곁에서 큰아이는 오늘도 아침부터 블록을 조립하고 있었다. 희고 검푸른 타일 위로 쏟아진 블록 무더기는 필요한 부품을 찾는 아이의 손길을 따라 끊임없이 헤집어졌다. 조립 설명서는 블록이 든 봉투의 번호에 따라 몇 단계로 나뉘어 있었다. 첫 번째 설명서와 봉투는 성의 기초를 조립하기 위한 것들이었다. 합치면 폭 24센티미터, 길이 19센티미터가 되는 플라스틱 판들을 바닥에 두고 블록으로 판들을 결합한다. 결합시킨 블록 위로 하나씩 설명서에 맞게 다른 블록들을 조립한다. 아이는 그 과정을 말없이 진행 중이었다. 회색빛이 도는 연한 녹색 블록들을 쌓아 벽을 만들어 나가는 아이의 손을 서계는 보지 않는 듯 지켜보았다. 그들 사이에서 잠시 동안 저마다의 작업에 집중한 고요한 시간이 이어졌다. 침묵을 깨트린 것은 온실 문을 열고 들어온 작은애와 민서였다.

"여기 있었네. 할머니한테 가려면 말을 하고 가야지. 아직도 방에 있는 줄 알았잖아."

민서가 큰애를 보며 타이르듯 말했다. 작은애는 손에 마론 인형을 들고 있었고, 인형은 처음과 달리 둥그렇게 말아 올려졌던 머리가 어느새 풀려 흘러 내려와 있었

다. 머리에 꽂혀 있던 꽃 장식도 보이지 않았다. 작은애
는 인형의 긴 머리카락을 검은 폭죽처럼 흔들면서 언니
에게 뛰어갔다. 가까이 다가가 곁에 앉아서는 언니가 만
들고 있는 아직은 얇은 벽뿐인 성을 보고 웃음을 터뜨
렸다. 형태를 분별하기 어려울 만큼 조금밖에 만들어지
지 않은 성 곁에는 첫 번째 봉투 속 블록 인형과 소품들
이 놓여 있었다. 녹은 사탕 같은 흰 유령 인형들과 한 쌍
의 드라큘라와 프랑켄슈타인과 좀비 요리사를 본 작은
아이는 언니의 눈치를 살피다가 유령 하나를 덥석 집어
들었다.

"얘는 뭐야? 사람이 아니야?"

"죽은 사람이야."

"징그러워."

작은애는 얼굴을 찡그리고 웃다가 손에 들고 있던 마
론 인형을 허공으로 들어 올리며 인형 놀이를 시작했다.
유령이 마론 인형 쪽으로 날아드는 시늉을 하다 마론
인형을 이리저리 흔들며 혼비백산해서 비명을 지르고
달아나게 만들었다. 인형은 검은 머리를 온몸에 휘감고
서 큰애가 만들다 만 성 쪽으로 향했다. 자연히 인형을
움켜쥔 손과 팔이 성의 외벽에 부딪혔다.

"살려 주세요! 저 괴물이 저를 잡으러 와요!"

작은애가 웃으면서 인형을 흔들었다. 그러나 큰애는
장난을 함께하는 대신 인상을 찡그렸다. 다음 블록을

꽂아 넣어야 하는 자리를 찾으며 동생의 손을 밀어냈다.

"방해하지 마."

"살려 주세요!"

"방해된다니까."

"아아, 난 죽는다!"

큰애가 고개를 들어 작은애를 쏘아보았으나 언니의 신경질은 동생의 장난을 더욱 부추길 뿐이었다. 구두를 신은 인형의 발이 이리저리 도망을 치듯 아직 형태조차 분별하기 어려운 성터를 짓밟고 뛰어다녔다. 큰애는 인형을 밀어내며 고개를 돌려 민서가 어디 있는지 확인했다. 민서는 뒤쪽 허브밭에 웅크리고 앉아 무언가를 손질 중이었다. 큰애는 민서를 부를 듯 머뭇거리다가 그만 두었다. 그 대신에 돌연 힘을 주어 동생의 어깨를 밀쳤다. 양손에 각각 마론 인형과 유령 인형을 쥐고 있던 작은아이는 균형을 잡지 못하고 타일 바닥에 주저앉았다.

"아야!"

작은애가 온실 가득 울리도록 크게 비명을 질렀다. 로즈메리를 따던 민서가 놀라서 고개를 들었다. 넘어졌던 작은애는 사납게 몸을 일으키며 언니를 세게 밀었고, 큰애는 작은애가 그랬듯 순식간에 바닥으로 넘어졌다. 민서보다 먼저 아이들에게 다가간 것은 서계였다. 서계는 작은애를 등지고 몸을 굽혀 큰애를 일으켜 세웠다. 다친 곳이 없는지 확인하고 작은애 쪽으로 고개를 돌렸다. 작은애의 눈에는 어느새 눈물이 고여 있었다. 서계는 작은애의 눈가를 닦아 주려 손을 내밀었으나 작은애는 그 순간 가까이 다가온 민서를 향해 달려갔다.

"엄마!"

아이는 두 팔을 벌려 민서를 껴안고 품에 안겼다. 아이를 안으며 민서는 당황한 듯 큰애를 바라보았다.

"지금 이게 뭐 하는 거야?"

원래는 서로를 밀치며 다투었으니 둘 모두를 혼내야 했다. 하지만 따져 보면 동생을 먼저 밀쳐 낸 것은 큰애 쪽이었다. 게다가 작은애 입장에서는 큰애의 장난감에 호기심이 생길 만도 했다. 민서는 일단 큰애를 타일러야 한다는 생각에 엄한 표정으로 큰애를 내려다보았다. 왜 동생을 때렸냐는 물음에 큰애는 동생이 자꾸만 자신을 괴롭히기 때문이라고 답했다. 장난감은 무엇이든 서로 사이좋게 가지고 놀아야 한다는 말이 이어졌고, 아이들은 잠시 둘 다 고개를 들지 않았다. 그러다 갑자기 생각이 난 듯 큰애가 줄지어 세워 놓았던 블록 인형들을 급히 확인했다.

"내 유령, 어딨어?"

큰애가 동생을 돌아보고 묻자 작은애는 당황한 듯 말을 잃었다. 작은애의 두 손은 어느 틈엔가 비어 있었다. 엄마에게 가는 순간 무심코 손에 쥔 것들을 모두 놓아 버렸던 것이다. 마론 인형은 타일 위에 떨어져 있었지

만 크기가 작은 블록 유령은 어디로 갔는지 보이지 않았
다. 플라스틱으로 만들어진 작은 인형이라서 그대로 타
일에 부딪혀 어디론가 튕겨 나가 버렸는지도 몰랐다. 큰
애는 동생의 표정을 보고 눈을 커다랗게 떴다. 크고 둥
그런 눈으로 사방을 정신없이 돌아보았으나 흰색과 검
푸른 색의 바둑판무늬로 배열된 타일 위 어디에서도 유
령은 보이지 않았다. 서계와 민서까지 함께 찾아보아도
인형은 온데간데없었다. 큰애는 곧 눈물을 뚝뚝 흘리기
시작했다. 동생을 원망할 생각조차 들지 않는 듯 아이는
말이 없었다. 민서는 우선 아이들을 달래야겠다는 생각
에 아이들을 데리고 온실 문으로 향했다. 눈물과 콧물
범벅이 된 큰애를 씻기고 그다음에 차분하게 다시 인형
을 찾아볼 생각이었다.

"네 인형은 저기 그냥 내버려 둘 거야?"

온실을 나서다 말고 민서는 작은애를 내려다보며 물
었다. 작은애의 마론 인형은 아직도 온실 바닥에 뒤집
혀 있었다. 사방으로 펼쳐진 검은 머리카락은 얼핏 청소
도구처럼 보이기도 했다. 아이는 민서의 말에 인형을 잠
깐 돌아보았다가 아무 말 없이 등을 돌려 버렸다. 의아
해진 민서는 무심코 아이의 표정을 살폈고, 그 순간 조
금 놀라고 말았다. 아이는 보기 드물게 이상한 표정을
짓고 있었다. 화가 난 것 같기도 했고 수치스러워하고 있
는 것 같기도 했다. 아무래도 조금 전 언니의 인형을 잃

어버린 일로 마음이 몹시 불편한 모양이었다. 민서는 아이를 진정시키려 작은 등을 손으로 감싸고 다독거렸다.

"두 사람 다 욕심을 부리니까 이런 일이 생기는 거야. 뭐든지 사이좋게 같이 가지고 놀아야 하는데 어느 한 사람이 자기 마음대로 하려고 드니까 서로 이렇게 싸우지."

아이들은 아무도 입을 열지 않았다.

민서와 아이들이 문을 나서는 순간 온실 안에 있던 서계는 문으로 들어오는 냉기 가득한 겨울바람에 작게 몸서리를 쳤다. 소란이 끝나자 온실은 다시 평소와 다름없이 조용해졌다. 민서는 알지 못했으나 혼자 남겨진 서계는 조금 전 문을 나서던 작은애의 눈빛을 쉽게 떨칠 수가 없었다. 아이는 인형을 보는 것이 아니라 노인을 돌아본 뒤 문을 나섰고, 그 눈빛에 담긴 것은 어리지만 분명한 미움이었다. 그러나 자신의 어떤 행동이 아이를 그토록 화나게 만들었는지 노인은 이해할 수 없었다.

그날 밤이 되도록 하얀 유령은 되찾지 못했다. 서계의 감기 기운이 빠르게 회복되었기에 민서와 아이들은 계획대로 이틀 밤을 자고 집에 돌아갈 예정이었다. 집으로 돌아가기 전 잃어버린 인형을 찾아야 한다는 생각에 민서는 밤늦도록 온실을 뒤졌으나 어찌 된 일인지 작고 하얀 유령은 어디에서도 보이지 않았다. 잠들기 전 큰애는 더 이상 아무 말도 하지 않았지만 마음이 상해 견딜수 없는 듯했다. 작은애도 어쩔 줄 몰라 하기는 마찬가지였다. 민서는 결국 유령을 찾지 못하고 온실을 떠나며 분재들 사이에 놓인 작은애의 마른 인형을 보았다. 서계가 주워 거기 앉혀 둔 것 같았다. 인형은 여전히 조금 시큰둥한 표정이었지만 어쩐지 처음보다 기운이 없어 보였다. 작은아이도 그러리라는 생각이 들었다. 언니에 비해서 장난기는 많았지만 자기 잘못은 분명히 깨달을 줄 아는 아이였다. 인형을 그대로 버려두고 간 이유는 아마 언니의 것을 잃어버리고서 자신의 장난감을 가지고 노는 모습을 보여 주기 부끄러웠기 때문일 것이다. 앞으로는 아이에게 그런 마음을 조금 더 차분하고 따뜻하게 표현하는 방법을 알려 줘야 했다. 결국 유령 인형을 찾지 못했지만 민서는 이번 일로 두 아이 모두 새롭게 무언가를 배우게 되었다는 사실을 어렵게 위안 삼으며 서계의 집에서 맞는 두 번째 밤을 보냈다.

아침이 되자 시골 하늘은 옅고 창백한 눈과 빗물로 뒤덮였다. 진눈깨비였다. 일기예보를 확인하니 눈은 오후가 되면 더 심하게 쏟아질 것이라고 했다. 민서는 아이들에게 늦지 않게 집으로 돌아갈 준비를 하라고 시켰다. 목요일인 내일은 수학 과외가 있는 날이었고, 오후가 되어 눈이 거세지기 전에 돌아갈 준비를 마쳐야 했다. 서계는 아침 식사 후 디저트로 감귤 콩포트를 내놓았다. 그들은 함께 속껍질을 제거한 귤과 로즈메리, 라임 슬라이스를 넣은 콩포트와 요거트, 크래커를 나누어 먹었다. 콩포트는 아이들이 좋아하는 간식이었지만 그날 아침 식탁은 평소에 비해 조용했다. 큰애는 울어서 눈이 부었다. 별것도 아닌 일로 그렇게 울 것 있느냐는 민서의 말에도 아이는 속상한 마음을 감추지 못했다. 작은 것들을 유독 들여다보고 아끼는 아이였다. 작은애는 어제 온실에 내버려 두고 왔던 인형을 다시 옆자리에 앉혀 두고 있었다.

"너도 장난감 챙겨야지. 어제 거기 그대로 두고 왔잖아."

민서의 말에 큰애는 마지못해 고개를 끄덕였다.

"잃어버린 건 할머니가 더 찾아봐 주실 거야. 아예 없어진 게 아니라 잠깐 안 보이는 거니까 그것만 너무 신경 쓰고 있지 마. 그리고 그 인형 하나 없다고 성이 없어지는 것도 아니잖아. 응?"

아이가 다시 고개를 끄덕였다. 민서는 작은애를 보며 언니에게 다시 한번 사과하라고 시켰다. 작은애는 순순히 사과를 건넸고, 큰애는 아무 말도 하지 않았다. 민서는 동생에게 조금 더 상냥하게 굴어야 한다고 큰애를 타이르려다 그만두었다. 그 대신 세계를 돌아보고 노인의 표정을 살폈다. 무언가가 마음에 걸렸지만 그것이 무엇인지 정확히 알아낼 수 없었다. 노인은 아무 말도 하지 않고 여느 때와 다름없이 행동하고 있었으나 말이 될 수 없는 생각들은 언제나 존재했다.

불길한 예감은 식사가 끝난 뒤 비로소 실체를 드러냈다. 온실에 두고 온 블록 세트를 챙기기 위해 모두가 그곳으로 향했을 때였다. 민서는 타일 바닥 위에 흩어져 있는 연녹색 플라스틱 조각들을 발견하고도 처음에는 무슨 일이 일어났는지 이해하지 못했다. 그러다 조각들 사이로 조금 더 커다란 플라스틱 밑판 조각이 널브러져 있는 것을 보고 뒤늦게 깨달았다. 온실 바닥은 온통 조각으로 어지럽혀져 있었다. 어제까지만 해도 밑판 위에 조립되어 있던 성벽은 형체를 알아볼 수 없이 산산조각으로 부서진 상태였다. 어젯밤 민서가 유령 인형을 찾아 온실 안을 살펴볼 때까지 성은 큰애가 두고 간 모습 그대로 바닥에 놓여 있었다. 저절로 쓰러져 부서진 것이 아니라면 누군가 성을 바닥에 내던져 일부러 부수었다고밖에 볼 수 없었다. 일부러 높은 곳에서 떨어트리거나 손으로 세게 밀어 부수지 않는 이상 견고하게 조립된 성이 이렇게 산산이 부서지기는 어려웠다.

그 순간 민서는 무심코 서계를 돌아보았다. 서계가 이런 일을 벌였으리라고 생각했기 때문이 아니었다. 민서 자신이나 서계가 성을 부순 것이 아니라면 아이들 중 누군가가 새벽이나 아침에 몰래 와서 못된 짓을 하고 간 것일 수밖에 없었다. 손녀들 중 하나가 이런 일을 저질렸다는 것을 알게 된 노인이 아이들을 어떻게 생각할지 두려웠다.

노인은 언제나처럼 아무 말 없이 조금 놀란 얼굴로 흩어져 있는 블록 조각들을 내려다보았다. 침묵을 깨트리며 큰애가 천천히 울음을 터뜨렸다. 언니가 울자 작은애도 덩달아 울먹이기 시작했다.

"이게 뭐야. 이거 누가 이랬어? 누가 이거 가지고 놀다가 부쉈어?"

민서가 아이들을 내려다보자 아이들은 거의 동시에 대답했다.

"내가 안 그랬어."

"나도 안 그랬어!"

아이들이 우는 사이 서계는 타일 위에 어지럽게 흩어져 있는 조각들을 하나씩 집어 한군데로 모았다. 민서도 곧 노인을 도왔고 작은애도 조각을 모으기 시작했다. 그러나 큰애는 끝까지 가족들 곁에 다가가지 않고 소매로 눈물을 닦기만 했다. 유리 온실의 벽과 천장 너머로 흩날리는 진눈깨비가 보였다. 눈은 유리에 닿는 순간 쌓이지 않고 빗물처럼 녹아내렸다. 가족들은 곧 눈에 보이는 블록 조각들을 모두 한곳에 모았다.

"그만 울어."

민서는 우두커니 서 있기만 하던 큰애를 보며 타이르듯 말했다. 작은애를 큰애 곁에 세우고 둘을 엄한 얼굴로 내려다보았다.

"이 일은 집에 가서 엄마가 너희 모두한테 책임을 물을 거야. 누가 그랬는지 솔직하게 말하고, 왜 그랬는지도 말해야 해."

작은애가 다시 울상을 지었다. 금방이라도 자기가 그러지 않았다고 말할 듯하다가 말없이 고개를 숙였다.

"그러니까 일단은 너도 진정하고 이제 더는 문제 생기지 않게 장난감 잘 챙기자. 상자에 담는 건 엄마가 도와줄게."

민서는 조금이라도 빨리 집으로 돌아가 아이들과 이일을 진지하게 이야기하고 싶었다. 세계가 보는 앞에서 아이들을 더 다그치고 싶지는 않았다. 집에 돌아가 아이들과 남편만 있는 자리에서 문제를 해결할 생각이었다. 민서는 큰애의 표정을 살피다가 거실에 두었던 블록 상자를 챙기려고 걸음을 옮겼다. 처음에 블록이 담겨 있던 투명한 봉투들은 어디에 두었는지 보이지 않았다. 작은 조각들이 많은 장난감이라 옮길 때 조심하지 않으면 또다시 잃어버리는 것이 생길지 몰랐다. 초조해진 민서는 한숨을 삼키며 온실을 나서기 위해 문을 열었다. 흙과 눈 냄새가 나는 차가운 바람이 뺨을 스쳤다.

"성 여기 두고 갈래."

아이의 목소리에 민서는 걸음을 멈췄다.

"응? 그게 무슨 말이야?"

"안 가지고 갈래. 여기 두고 갈래."

민서를 올려다보는 아이의 표정은 인형 같았다. 그러나 인형들이라고 모두가 같은 표정을 짓고 있는 것은 아니었다. 작은애가 가진 인형들만 보아도 웃는 얼굴을 하거나 시큰둥한 얼굴을 하는 등 저마다 다른 모습이었으므로 민서는 스스로의 느낌을 정정해야만 했다. 민서는 그 순간 아이가 처음 보는 인형처럼 낯설게 느껴졌다.

"왜 갑자기 그런 말을 해? 할머니가 사 주신 건데 가지고 가서 네가 아껴 줘야지."

아이는 민서를 빤히 보다가 고개를 숙였다. 조그만 입에서는 더 이상 아무 말도 이어지지 않았다. 민서는 무슨 말을 해야 할지 몰라 아이를 잠시 지켜보았다. 그때 서계가 민서와 아이 사이로 다가왔다. 노인은 고개 숙인 아이의 머리를 조심스럽게 쓰다듬다가 민서를 돌아보았다.

"그냥 이번에는 하고 싶다는 대로 해 주는 게 좋을 거 같다. 장난감이야 다음에 왔을 때 다시 가지고 놀면 되잖니. 지금 급하게 챙겼다가 잃어버리는 게 더 늘어나게 될 수도 있고."

서계가 갑자기 아이 편을 들자 민서는 더욱 당황했다. 서계는 다시 아이를 향해 미소 지었다.

"애라고 생각이 없을까. 뭐든 이유가 있으니까 그렇게 하고 싶다는 거겠지."

온실 밖에서는 눈발이 점점 더 굵어지고 있었다. 기온이 내려가고, 겨울이 혹독해지고, 끝이자 시작인 계절이 무르익어 가고 있는 것이다. 아이는 세계의 말에 힘을 얻은 듯 고개를 들어 노인을 바라보았다. 물끄러미 보기만 하다가 갑자기 팔을 내밀어 그 품에 안기더니 배에 얼굴을 묻고 흐느꼈다. 민서는 아이가 대체 왜 그렇게까지 이상하게 구는지 이해할 수 없었다. 더욱 마음에 들지 않는 것은 세계의 행동이었다. 몰래 성을 부순 것이 둘째 아이라면 성을 이곳에 그대로 두고 떠나는 순간 아이들은 정말로 이 문제를 해결할 기회를 잃어버리게 될 것만 같았다. 세계가 그 사실을 모를 리 없었다. 모를 리 없기 때문에 세계는 결코 판단을 바꾸지 않을 것이다. 민서는 그렇게 생각하고 노인과 아이에게 다가갔다. 노인을 안고 있는 아이의 작은 등을 쓰다듬고는 울지 말라고 말하며 다정한 손길로 아이를 이끌어 온실을 빠져나왔다.

그들은 계획대로 오후가 되기 전 떠날 준비를 마쳤다. 그다지 멀지 않은 길이었기에 이곳을 떠난 뒤 한두 시간 조심해서 운전하면 금방 집에 도착할 수 있었다. 관목이 적고 눈 쌓인 잔디밭과 군데군데 심어진 커다란 나무들뿐인 정원은 처음 도착했을 때보다 어쩐지 더욱 고요해 보였다. 잠시 눈이 그친 하늘이 다른 날보다도 한층 흐린 회색을 띠고 있었기 때문일지도 몰랐다. 민서는 진눈깨비를 맞아 질척하게 젖은 정원을 바라보다가 운전석에 올랐다. 집에서 정원의 대문까지는 작고 붉은 자갈이 깔린 길이 일직선으로 이어졌다. 민서가 차를 출발시키기 전까지 뒷좌석의 아이들은 차창을 내리고 할머니에게 손을 흔들었다.

"가서도 감기 조심하고 공부 열심히 하고, 또 보자?"

"할머니 사랑해요."

큰애가 창문 너머로 손을 내밀어 서계의 손을 붙잡으며 말했다. 민서는 백미러로 서계를 바라보았다. 서계는 언제나처럼 미소를 짓고 있었다. 민서는 차창을 내리고 고개를 조금 내밀어 서계에게 감사 인사를 건넸다. 결국 두고 가게 된 큰애의 장난감과 작은애가 갖고 가는 마론 인형 세트, 그리고 차에 실린 콩포트와 두 종류의 병조림에 대한 감사 인사였다. 차창을 열자 찬 공기가 히터를 튼 차 안으로 빠르게 퍼졌다. 차 안에서는 아이들과 달콤한 과일, 설탕, 정원의 흙과 눈, 비의 냄새가 뒤섞여 풍겼다. 그 냄새를 싣고 차는 천천히 움직이기 시작해 정원을 빠져나갔다. 서계는 잠시 서서 그들이 떠나는 모습을 바라보다가 등을 돌리고 집으로 걸음을 옮겼다. 언젠가는 이 또한 과거의 풍경이 될 것이다. 그때가 되면 많은 것들이 달라져 어쩌면 지금의 모든 것이 낯설게 느껴질지도 모른다. 긴 낮잠을 자고 일어나면 노인은 다시 온실로 돌아가 잃어버린 유령과 놓쳤을지 모를 다른 조각들을 찾아볼 계획이었다.

감과

비

어느 초가을 아침, 노인은 정원에서 무언가가 쿵 떨어지는 소리에 잠을 깼다. 발코니로 나가 아래를 내려다보니 정원의 나무 밑에 감이 떨어져 있었다. 잘 익은 감은 선명한 주홍색이었다. 그는 떨어진 감을 보며 무심코 그가 보고 있는 것과 무관한 문제들을 떠올렸다. 속으로 찔끔 하게「주기도문」을 외웠다.

"왜 그래요. 무슨 일 있어요?"

침실에서 목소리가 물었다.

"아무것도 아니에요."

노인은 고개를 내밀어 오랫동안 감을 응시했다. 키 큰 나무들 사이로 아침 햇살이 청명한 빛을 내뿜었다.

노인이 받은 생의 몇몇 축복 가운데 가장 큰 것은 부

유한 가정에서 태어났다는 점이었다. 그는 매일 아침 눈을 뜨며 그 점을 상기했다. 현재 거주 중인 건물을 비롯한 여러 부동산과 유동 자산이 그의 소유였다. 그가 죽고 나면 많은 돈이 남겨질 것이다. 그는 아내도 자식도 없었다. 그나마 가족이라 할 만한 사람은 동거 중인 띠동갑의 여자 친구뿐이었다. 그들이 지내는 건물에는 번화가 어디서도 찾아보기 힘든 아늑한 정원이 딸려 있었고 이곳에는 언제나 맑은 공기가 흘렀다.

매일 아침 노인은 졸음을 떨치려고 기도문을 외웠다. 거실에 나가 영양제를 먹고 노트북을 챙겨 아래층으로 내려갔다. 늘 비슷한 일과였다. 아래층 카페에는 여느 때처럼 음악이 틀어져 있었다. 창밖으로는 잎이 지는 정원수들이 내다보였다. 아르바이트생이 낙엽을 쓸어 담는 중이었다. 노인은 카페 구석에 자리를 잡고는 노트북을 펼치고 뉴스를 읽기 시작했다. 젊은 매니저가 그에게 뜨거운 커피를 가져다주었다.

최근 노인의 삶에서 가장 독특한 부분은 번화가 카페의 2층에서 살고 있다는 점이었다. 그렇게 하기를 원한 것은 애인인 라라였다. 젊은 시절부터 가져 온 꿈이라고 했다. 노인은 라라를 교회 크리스마스 행사에서 처음 만났다. 그녀는 슬하에 딸 하나를 두었고, 그보다 정확히 열두 살이 어렸다. 둘은 그 사실을 주제로 처음 이야기를 나눴다. 그리고 몇 달 지나지 않아 동거를 시작했다. 노인은 그녀에게 젊은 시절 가질 수 있었던 것 같은 강한 감정을 느끼지는 않았다. 그가 느끼는 것은 비슷한 연령대의 사람들끼리 나눠 가질 수 있는 희미한 온기와 동질감에 가까웠다. 라라는 그만큼 부유하지는 않았지만 궁핍과 거리가 먼 삶을 살아온 사람이었고, 성은 박이었으며, 그에게 상냥했다.

노인은 자신의 애정이 굳건하지 않은 만큼 오히려 많은 부분에서 라라의 뜻을 존중해 줬다. 그녀에 대한 그 나름의 예의였다. 그는 신사였고, 그녀의 다양한 모습에 적절한 무관심으로 응대했다. 라라의 적극적인 주도에 따라 그들은 결국 2층 건물의 1층에 카페를 열었다. 2층은 그들의 주거 공간이었다. 카페 인테리어에 드는 돈을 지불한 것은 라라였으나 노인은 그 밖의 임대료를 비롯한 모든 비용을 일절 받지 않았다. 라라는 스스로 카페 점장으로 일했다. 그 밑에 두 명의 젊은 매니저와 아르바이트생들을 두었다. 노인은 카페가 돌아가는 사정에 관해 거의 알지 못했다. 다만 종종 자신이 매우 낯선 환경에서 살아가고 있다는 느낌을 받곤 했다.

젊은 매니저 둘은 번갈아 가며 출근했다. 주중과 주말 아르바이트생들이 달랐다. 공통점은 그들 모두 노인에게 깍듯하다는 점이었다. 미묘한 거리감이 내재된 예의였다. 그들은 아침마다 카페에 새로운 음악을 틀고,

정원을 청소하고, 가게를 정돈했다. 노인이 가게에 내려올 때마다 매니저를 필두로 젊은이들 일동이 그에게 소리 높여 인사했다. 그들은 그를 선생님이라 불렀다. 모두가 흰 셔츠에 검은 바지, 몸에 달라붙는 검은 조끼와 앞치마 차림이었다. 노인은 그들과 마주치며 수시로 과거를 연상했다. 옛날 그가 살던 저택에서 일하던 고용인들을 떠올릴 수밖에 없었다. 그가 태어난 것은 1937년이었다. 귀족 문화의 잔재로 가득한 시절이었고, 지금과는 모든 것이 무척이나 달랐다.

"얘, 잠깐만 나 좀 보자."

노인과 달리 라라는 그 간극에 아무런 위화감도 느끼지 못하는 것 같았다. 아르바이트생을 부르는 그녀의 목소리에서 그는 가끔 그 사실을 발견했다. 카페는 라라가 그녀에게 아직 남아 있는 일종의 끈기를 발휘하기에 적합한 장소인지도 몰랐다.

라라는 계단 모퉁이에서 고개를 내밀고 서 있었다. 그녀 몸집의 배는 되는 키가 큰 남자애가 계단 아래서 그녀를 마주하고 있었다. 라라는 여느 때처럼 머릿수건을 동여맨 채였다. 앞치마와 원피스 아래로 맨다리가 드러나 있었다. 노인은 저도 모르게 둘을 응시했다.

"음악 좀 바꾸면 안 되겠니? 봐라, 오늘은 비가 올 것 같이 날씨가 우중충하잖아. 안 그러니?"

남자애가 라라를 따라 유리창을 바라보았다. 대꾸할

틈을 주지 않고 라라가 말을 이었다.

"저 하늘 좀 봐. 잿빛 하늘. 이럴 땐 스스로 생각을 해 볼 수 있잖아. 우리 카페가 다른 곳이랑 차별되는 이유가 뭐라고 했지? 자연을 느낄 수 있게 해 준다는 거라고 전에 얘기했었는데? 이 정원과 하늘, 다른 곳에 없는 맑은 공기. 그런데 이런 가게에서 지금 나오는 것 같은 이런 음악을 이런 날씨에 틀어 놓으면 얼마나 손님들이 실망하겠어. 그런 생각 안 드니?"

라라가 표정을 찡그렸다. 노인은 커피를 마셨다. 창밖을 내다보았다. 무릎이 조금 시려 오는 게 정말로 비가 올지도 모르겠다는 생각이 들었다. 카페 안에 틀어진 것은 요즘 유행하는 노래였다. 거리를 산책하다 보면 번번이 들려오는 멜로디라서 그도 익히 알고 있었다.

"아무 생각이 안 드니? 생각이 없어? 없나 보네. 아이고, 나 참."

재차 묻던 라라가 끝내 헛웃음을 지었다. 그게 딱히 정말로 화가 나서 하는 채근이 아니라는 것을 노인은 알았다. 그냥 그녀의 농담 섞인 말버릇에 가까웠다. 그렇다 해도 아르바이트생 입장에서는 퍽 당혹스러운 모양이었다. 쭈뼛거리던 남자애가 고개를 숙였다. 죄송하다는 말이 이어졌다. 라라가 다시 웃었다. 남자애가 당황하자 그녀 역시 조금 어색한 기색이었다.

"이런, 넌 참 눈도 크다. 사내자식이 눈이 뭐가 그렇게 크담? 앞으로는 스스로 생각을 좀 해 봐. 젊은 애들이 음악 정도는 뭐가 좋을지 스스로 생각해 낼 수 있어야지. 너희는 요즘 노래 안 듣니? 통 음악을 몰라, 젊다는 애들이."

돌아오는 대꾸는 없었다. 아르바이트생은 여전히 뻣뻣이 굳은 채였다. 라라는 어린 시절을 일본에서 보냈고, 그 때문인지 보통 한국 사람들과는 사뭇 다른 억양으로 말하곤 했다. 그녀를 마주 선 남자애의 굽은 등이 유독 노인의 눈에 밟혔다.

"조수미는 어떨까. 네 생각은 어떠니. 조수미 어때, 어울리는 것 같니?"

남자애가 고개를 끄덕였다. 노인은 그때 그들을 힐끔거리는 다른 시선들을 눈치챘다. 다른 아르바이트생 하나와 젊은 매니저였다. 둘은 서로 의미심장하게 눈빛을 교환하고 있었다. 아르바이트하는 여자애의 표정은 비스듬히 등을 돌리고 선 나머지 제대로 보이지 않았지만, 매니저의 얼굴에 스치고 간 표정은 노인에게도 보였다. 늙은 점장의 닦달에 넌더리를 내고 있는 것 같았다.

노인은 자신의 눈이 노쇠해 흐려지고 있다는 점을 상기했다. 그는 멍하니 둘을, 다시 라라와 남학생을 바라보았다. 그러다 천천히 눈을 내리깔았다. 목에 걸린 안경의 무게를 느꼈다. 커피 잔을 들어 입가로 가져갔다. 두 손으로 안경을 쓰고 묵묵히 노트북 속 뉴스를 읽어

나갔다. 곧 카페에는 조수미의 노래가 나오기 시작했다.

자세한 것은 알지 못했으나 1층의 카페는 제법 유명세를 타고 있는 모양이었다. 라라는 그 사실을 가끔 자랑스럽게 말하곤 했다. 국내에서뿐만 아니라 외국에서도 손님들이 찾아온다고 했다. 여행 서적 출판사들과의 모종의 계약 덕분이기도 했고, 텔레비전 방송에서 자주 촬영 장소로 빌려 쓰기 때문이기도 했다. 몇 년 전 방영되었던 한 드라마에서는 이곳을 주인공들 간의 만남의 장소로 사용하기도 했었다. 그 때문에 카페는 늘 외국인 관광객들로 붐볐다. 직원들 모두가 유니폼을 갖춰 입은 것 역시 드라마 속 장면을 재현하기 위해서였다.

카페는 오전이 지나면 점차 붐벼 갔다. 그때가 되면 노인은 카페를 떠나 동네 산책을 하곤 했다. 가끔은 그냥 정원 한구석에 자리를 잡고 시간을 죽일 때도 있었다. 그러나 카페에 머무는 것은 쉽지 않은 일이었다. 그는 종종 자기만큼 그 장소에 어울리지 않는 것도 없다는 기분에 휩싸였다. 그렇다 해서 그가 라라 역시 자신과 같은 생각을 가지기를 원하는 것은 아니었다. 그녀는 카페를 뿌듯해했고, 그곳에 어울리기 위해 최선을 다하고 있었다.

그날 정오가 지나고 노인은 산책을 나가며 어린 아르바이트생이 창가에서 매니저에게 뭔가를 묻고 있는 모습을 보았다. 시들시들한 난초 화분 하나가 카페 창틀에 놓여 있었다. 노인은 잠시 후에야 그 익숙한 화분을 알아볼 수 있었다. 2층 발코니에 있던 화분들 중 하나였다. 예전에 라라가 어디선가 선물받아 왔던 기억이 어렴풋 떠올랐다. 그는 그 잊기 쉽지 않은 누런 화분의 모습에 가슴이 철렁했다.

매니저와 어린 직원이 화분을 사이에 두고 쑥덕거리는 모습을 본 라라가 이윽고 가게 안에서 걸어 나왔다. 여전히 아침과 같은 차림새였다. 앞치마 밑으로 나뭇가지처럼 앙상한 맨다리가 이어져 있었다. 다시 봐도 점잖지 못한 모습이었다. 그들 나이에 저만한 길이의 치마를 입는 것은 그리 적절한 행동거지가 아니라는 게 노인의 판단이었다.

"왜들 여기 이러고 서 있어? 무슨 일이 있기에?"

"아니에요. 별일 아니니까 신경 쓰지 마세요."

"네, 점장님, 들어가 계세요."

아르바이트생이 화분을 등지고 섰다. 매니저 역시 곤란한 미소를 짓고 있었다. 둘의 어색한 태도를 라라가 눈치채지 못할 리가 없었다.

"아니 왜? 니들 뭐 나한테 숨기는 일이라도 있니? 둘이서 동시에 나를 보내려 드네. 이상하게."

그녀는 농담 섞인 목소리로 중얼거리며 웃음을 터뜨렸다. 노인은 그녀의 웃음이 어딘가 멋쩍다는 것을 느껐다. 그는 그들에게서 천천히 시선을 거두었다. 우산을 챙겼다. 대문을 나서 카페 밖으로 빠져나왔다. 맞은편에서 치와와 세 마리를 동반한 청년이 걸어오고 있었다. 산책 중인지 개들은 잔뜩 신이 난 기색이었다. 젊은이는 우울해 보였다. 노인은 청년과 개들을 지나쳐 느릿느릿 걸음을 옮겼다.

그는 난초 화분에 대해 생각 중이었다. 화분을 거기 둔 것은 틀림없이 라라일 것이다. 그녀가 왜 그런 행동을 했을까. 어쩌면 그 자리에 꽤 어울린다고 생각했을지도 모른다. 노인은 딱히 그 화분을 좋아해 본 기억이 없었다. 처음 라라가 그것을 교회의 어느 모임에서 선물받아 왔을 때는 그 누르스름한 화분이 꽤 촌스럽다고 생각했었다. 하지만 그는 그것을 집 안에 두는 데 반대하지는 않았고, 그 후로는 그 화분을 완전히 잊고 지냈다. 마치 그가 라라의 원피스들과 갖가지 색깔의 머릿수건들, 머플러들, 앞치마들을 잊어버린 것처럼.

노인은 매니저와 아르바이트생이 화분을 두고 수군거린 이유를 짐작할 수 있었다. 그걸 보기가 거슬렸던 게 분명했다. 그가 보기에도 그 초라한 화분은 거기 썩 어울리지 않았다. 카페는 근사한 조명과 활기찬 대화로 가득했다. 화분의 난은 혼자서 죽어 가고 있었다. 천천히, 소리 없이.

그는 거기까지 떠올린 후 자기가 한 생각을 죄다 머릿

속에서 지워 냈다. 깊게 숨을 들이쉬었다가 힘주어 뱉어 냈다. 젊은 시절 노인은 당시의 무수한 흡연자들 가운데 한 사람이 되기를 주저하지 않았었다. 사실 꽤나 골초에 가까웠다. 담배를 끊은 것은 부모로부터 유산을 물려받고 난 후의 일이었다. 벌써 몇십 년이 지났음에도 그는 지금까지 때때로 강렬한 흡연 욕구에 사로잡히곤 했다.

노인은 습관적으로 입가를 문지르며 걸음을 옮겼다. 건물 앞은 오르막길이었다. 2차선 도로를 사이에 두고 맞은편에는 세련된 음식점들이 줄지어 서 있었다. 노인은 음식점들 앞을 천천히 걸어 지나쳤다. 젊은이들이 대부분 직장이나 학교로 떠났을 주중 낮 시간이었기 때문에 거리는 한가로웠다.

그는 평소와 다름없이 놀이터에 도착했다. 놀이터 중앙에는 누군가 잔뜩 쏟아 놓은 청록색 음료수가 작은 웅덩이를 만들고 있었다. 그로부터 조금 떨어진 곳에는 플라스틱 테이크아웃 컵이 나뒹굴었다. 노인은 놀이터 가장자리의 희고 평평한 시멘트 조형물 위에 걸터앉아 그 모든 시시한 풍경을 물끄러미 눈에 담았다. 아무 생각도 하지 않으며 동시에 누구보다도 집요하게 풍경을 응시했다.

얼마 지나지 않아 며칠 전부터 이곳에 모습을 보이던 중년 여자 하나가 어슬렁거리며 나타났다. 보는 이를 불쾌하게 만들 정도로 볼썽사나운 운동복 차림에 표정 없는 얼굴과 멍한 눈을 가진 여자였다. 그녀는 이전처럼 시소 위에 휴대용 카세트를 올려놓았다. 요즘 세상에 카세트라니 보기 드문 물건이었다. 여자는 그 앞에 서서 목과 허리를 꺾어 가며 몸을 풀었다. 카세트에서 경쾌한 리듬의 중국어 노래가 흘러나왔다. 구령 같은 것이 간간이 이어졌다. 체조용 음악쯤 되는 것 같았다. 여자는 노인이 보는 앞에서 태연하게 몸을 놀렸다.

벌써 몇 주째였다. 그들은 여기서 매번 똑같은 방식으로 마주치고 있었다. 매주 월요일 이즈음이면 그녀가 이곳에 나타났다. 노인 역시 이곳으로 왔다. 그러나 두 사람은 아직 한마디도 말을 섞어 본 적이 없었다.

여자는 차분하게 체조를 마쳤다. 노인으로부터 조금 거리를 두고서 그와 같은 조형물 위에 걸터앉았다. 카세트가 들어 있던 배낭에서 검은 비닐봉지를 꺼냈다. 봉지에 든 것은 은박지에 쌓인 샌드위치였다. 여자가 포장을 열고 샌드위치를 먹기 시작했다. 노인은 멍하니 그녀가 식사하는 모습을 바라보았다. 그녀는 그의 시선을 조금도 개의치 않아 보였다. 노인은 그녀가 외국인 노동자일 거라 짐작했다. 이곳에 온 지 얼마 되지 않아 보였다.

마지막 한 조각까지 집중해서 샌드위치를 먹어 치운 후 여자는 은박지를 구겨 처음처럼 비닐봉지 속에 담았다. 그러더니 봉지를 들고 자리에서 일어났다. 걸음을 옮겼다. 허리를 굽혀 플라스틱 테이크아웃 컵을 주워 들

었다. 봉지에 담았다. 곁에 떨어져 있던 몇 개비 담배꽁
초도 마찬가지였다. 여자는 몇 차례나 허리를 굽혀 가
며 쓰레기들을 주워 담았다. 봉지가 불룩해지고 나서야
쓰레기통으로 다가갔다.

"수고하십니다."

노인이 불쑥 입을 연 것은 그때였다.

"저도 항상 그 생각을 합니다. 주위가 참 지저분하다
고 말입니다."

여자가 고개를 끄덕였다. 그녀는 그를 관찰하듯 주시
했다.

"늘 여기 나오세요?"

여자가 물었다. 기묘한 억양이었다.

"근처에 제 아내가 하는 카페가 있습니다."

노인이 답했다. 그는 엄밀히 말해 라라와 결혼한 상
태가 아니었지만 크게 상관없을 듯했다.

"가까운 곳에서 살고 계십니까?"

노인은 일하는 곳이 근처냐는 질문을 일부러 피했다.
돌려 물었다. 직접적으로 그 점을 묻는 것은 예의가 아
닐 것 같아서였다.

"아니요. 일을 해요. 일터가 가까워요, 여기서."

여자가 답했다.

"칼국수 가게요. 오늘은 늦게 여는 날이에요."

"아까 하고 있던 건 중국식 체조입니까? 중국어인 것

같았는데요. 예전에 중국어를 좀 공부한 적이 있지요. 젊었을 때요."

여자가 아아 하며 고개를 끄덕였다. 노인은 저도 모르게 계속 말했다.

"오래전에 저도 외국에 나갔던 적이 있어요. 외국에서 혼자 지낸다는 건 쉽지 않은 일입니다. 힘든 일이 많으시죠?"

여자가 다시 고개를 끄덕였다.

"음식 같은 건 잘 맞으십니까?"

"한국 음식은 맛있어요. 조금 맵기는 해요. 그래도 맛있어요. 저희 가게 칼국수도 인기가 좋아요."

"김치는 잘 드십니까? 맵지요, 김치가. 요즘에는 한국인 중에서도 김치를 잘 못 먹는 사람들이 있다 하더군요. 특히 아이들 같은 경우에 말입니다. 다들 서양 음식에 길들여져 있죠. 소아 비만이 심해진 것도 그 때문일 겁니다."

여자는 대답하지 않았다. 그 대신 미소 지으며 고개를 끄덕였다. 그녀는 원래 자리로 돌아와 있었다. 노인과 조금 거리를 두고 앉아 자기 발끝을 내려다보았다. 노인이 물었다.

"중국에도 소아 비만이 위험한 수준으로 횡행하고 있습니까?"

"네?"

횡행이라는 말을 이해하지 못한 것 같았다. 그는 설명을 덧붙였다.

"유행하고 있냐는 뜻입니다. 횡행이 한자어인데, 같은 한문을 써도 역시 중국과 우리나라에서 쓰는 말이 다른가 봅니다."

여자가 콧방울을 실룩거렸다. 그를 빤히 바라보다가 고개를 끄덕였다.

"중국 사람들도 많이들 뚱뚱해요. 미국처럼요. 미국에서는 많은 사람들이 뚱뚱하잖아요. 중국도 돈을 많이 벌고 있으니까요."

"아하. 중국의 경제 상황이 나아지니 국민들이 살쪄 간다라, 그럴 수 있지요."

맞아요 하고 노인은 한 번 더 수긍했다. 여자는 몇 번 더 고개를 끄덕이고는 입을 다물었다. 그들은 잠시 아무 말도 하지 않았다. 서로 다른 방향에 무심하게 시선을 두고 있었다.

"어떤 일을 경제적인 관점에서 볼 수 있다는 건 좋은 일이죠. 젊은 시절에 난 미국에서 경제 공부를 했었습니다. 옛날엔 지금만큼 경제를 공부하는 사람들이 많지 않았어요. 심지어 외국에서 공부를 한 사람은 정말 손에 꼽을 정도였습니다."

노인이 중얼거렸다. 여자는 여전히 딴 곳에 눈길을 빼앗기고 있었다. 거기엔 아무것도 없었다. 그녀는 골똘히 생각에 잠긴 것처럼 보였다. 둘 사이에 잠시 침묵이 찾아왔다. 노인이 습관적으로 입가를 문질렀다.

노인의 아버지는 한때 그들이 살던 지방의 내로라할 명사였다. 갖가지 모임에 속해 있었고, 각종 문화 행사에 자주 참여했다. 그는 지극히 자본주의적인 시각을 가진 사람이었다. 탁월한 안목으로 적절한 선에서 적절한 대상에 투자하는 법을 알았다. 때때로 오랜 시간 집을 비우고 전 세계를 유랑하기도 했으며 종래에는 그런 일들에 인생을 바쳤다.

해방 후 그는 자산의 대부분을 해외로 이동시켰었다. 이 나라가 조금도 안정되지 못한 상태이며 좀처럼 해결될 수 없는 갖가지 문제들을 안고 있다고 보았던 것이다. 노인이 미국에서 수학한 것은 아버지의 그런 생각에 힘입은 결정이었다. 노인은 이따금 아버지가 어느 정도 친일 행각에 몸담았던 사람이었는지 궁금해지곤 했다. 그러나 스스로 그런 것을 캐 보려 들지는 않았다. 그는 그런 일에서 최대한 몸을 사렸다.

노인의 가족은 끝내 한국을 온전히 등지지 못했다. 아버지가 택한 최종적인 삶의 터전은 서울이었다. 여기 집을 마련한 지 얼마 지나지 않아 아버지는 세상을 떠났다. 오스트레일리아 인근 바다를 지나던 페리 위에서였다. 사인은 심장마비로 밝혀졌다. 몇 년 뒤 노인의 어머니 역시 같은 원인으로 숨을 거뒀다. 슬하의 자식은 노인과 그의 누나 단둘이었다. 자국에 소속감을 느끼지 못하는 아버지의 독특한 기질 탓에 친척들과는 선대에서 연이 끊긴 것이나 다름없었다. 누나는 끝내 결혼하지 않은 채 눈을 감았고, 부모의 재산은 결국 노인 몫이 되었다. 당시 그는 쉰을 바라보던 나이였다.

그는 일생을 통틀어 세 번 사랑에 빠졌다. 평범하다고 말할 수 있는 것은 그중 한 번뿐이었다. 그가 최초로 강렬한 애정을 느낀 대상은 친누나였다. 고교 졸업에 이르기까지 그는 손위 누나에 대한 성적 환상에서 벗어나지 못했다. 졸업 후 미국으로 유학을 떠나 그곳에서 미치코를 만난 다음에야 비로소 누나로부터 자유로워졌다. 죄책감 가득한 망상을 떨쳐 내고 평범한 연애를 택했다. 미치코와 그는 십 년이 조금 넘는 시간을 함께했다. 그녀는 교통사고로 세상을 떠났고, 사고 이후 그는 갖고 있던 차를 정리했다. 오랜 세월 동안 단 한 번도 운전대를 잡지 않았다.

마지막으로 노인을 사랑에 빠트린 것은 다름 아닌 그 자신의 삶이었다. 그는 노년기에 접어들며 자기 삶 속으로 깊게 침잠해 들어갔다. 누구에게나 그에게 가장 적합하다고 여겨지는, 마치 태어날 때부터 그렇게 정해진 것처럼 잘 어울리는 연령대가 있다. 그것은 성품과 연령 사이의 조화의 문제다. 그는 지나온 모든 외양 가운데 자신의 늙고 주름진 얼굴에 가장 큰 애정을 가졌다. 젊은 시절 그는 꽤나 잘생긴 남자였다. 도자기처럼 흰 피부에 고생이 침투한 적 없는 자존심 강하고 섬세한 눈빛을 가졌었다. 그러나 자신에게 만족한 적이 없었다. 무언가가 늘 부족했다. 그는 자신의 외모가 풍기는 분위기를 싫어했다. 사람들이 으레 겪는 특정한 역경들이 그에게는 완벽히 부재했고, 그로 인해 그는 어떤 종류의 강인함과 그와 반대되는 종류의 유약함을 동시에 지니게 되었다.

강인함은 태어나면서부터 갖게 된 것들로부터, 유약함은 그것들 덕분에 갖지 못하게 된 경험으로부터 비롯되었다. 그 까닭에 그는 늘 마음속 깊은 곳에서 누구와도 나눌 수 없는 자기혐오와 자격지심을 느꼈다. 주름살과 검버섯이 그의 외모를 또래 다른 이들과 비슷하게 바꿔 놓은 후에야 그 감정들로부터 놓여날 수 있었다.

"전 이제 가 볼게요."

한참 만에 여자가 입을 열었다. 한데 모여 묶인 그녀의 긴 머리칼 곁으로 작은 점들이 떠다녔다. 날벌레들이었다. 노인은 새삼 여자의 말수가 적다고 생각했다. 그녀는 그가 했던 얘기들에 관해 무엇도 더 묻지 않았다. 그토록 높은 수준의 교육을 받았다면서 어째서 지금은 이처럼 찾아오는 사람 하나 없는 생활을 하고 있는지, 유학은 결국 어떤 식으로 끝을 맺었는지, 어째서 이곳에 이런 모습으로 다다르게 되었는지 묻지 않았다. 어쩌면

한국어에 아직 능숙하지 못한 것일지도 몰랐다. 노인은
가볍게 고개를 끄덕였다. 인사에 화답했다.

"다음에 봅시다."

여자가 공손히 허리를 숙였다. 배낭을 어깨에 메고
한 손으로 뺨에 흘러내린 머리칼을 쓸어 넘기며 등을
돌렸다. 노인은 혼자 남겨진 후에도 한동안 그 자리를
지켰다. 그리고 어느 순간 고독이 엄습했다.

그가 돌아왔을 때 카페는 여전히 붐볐다. 한 무리의
일본인 관광객들이 카운터에 길게 줄서 있었다. 그는 그
들을 조용히 지나쳐 카운터 뒤편 계단을 통해 2층으로
올라갔다. 방으로 돌아와 의자에 걸터앉았다. 습관적으
로 입가를 문질렀다. 눈을 감았다. 힘을 줬다. 여러 번
느릿하게 눈을 깜빡였다. 눈꺼풀이 무거웠다. 살가죽 대
신 달구어진 고무가 덮여 있는 것 같았다. 심한 피로가
밀려왔다. 밀물처럼 그를 덮쳤다. 아래층에서 음악 소리
가 들려왔다. 사람들 목소리도 함께였다.

그날 밤 그는 평소보다 훨씬 일찍 잠자리에 들었다.
라라는 여느 때처럼 카페가 문을 닫는 자정까지 일했
다. 저녁 무렵 몇 번인가 그녀가 침실로 노인을 찾아왔
다. 한번은 그에게 혹시 감기가 든 것은 아닌지 묻기 위
해서였고, 한번은 뜨거운 차를 가져다주기 위해서였으
며, 한번은 그가 양치를 했는지 확인하고 자기 화장을

고치기 위해서였다.

　노인은 침대에 누워 책을 읽다가 곁눈질로 그녀가 립스틱을 덧바르는 모습을 지켜보았다. 화장대 거울에 라라의 얼굴이 비쳤다.

　문득 그녀의 딸이 떠올랐다. 그는 몇 번인가 그 사람을 본 적 있었다. 라라와 그다지 닮은 구석이 없는 여자였다. 노인과 미치코 사이에는 자식이 없었다. 그가 죽고 나면 그의 재산 중 일부는 어쩌면 라라의 딸에게 돌아가게 될 것이다.

　"정말로 어디 아픈 건 아니죠?"

　방을 나서기 전 라라가 마지막으로 물었다. 그는 그렇다고 답했다.

　"노래 소리를 좀 줄이라고 할게요."

　그녀가 계단을 향해 사라졌다. 노인은 베개에 머리를 묻은 채 라라의 발걸음 소리에 가만히 귀를 기울였다. 한참이나 죽은 사람처럼 그대로 누워 있었다. 좀처럼 잠을 이루지 못했다. 밤이 깊어 라라가 다시 돌아오는 소리를 들었다. 썻고, 옷을 갈아입고, 침대로 들어오는 기척을 느꼈다. 그러나 아무 말도 하지 않았다. 눈을 감고 잠든 시늉을 했다. 라라가 잠이 든 후에야 간신히 잠들수 있었다. 그는 울적했다. 스스로도 그 이유를 명쾌히 설명할 수 없었다.

　다음 날 눈을 떴을 때도 까닭 모를 자괴감은 여전했

다. 평소라면 진작 침대를 벗어났을 시간이었으나 그는 꼼짝도 할 수 없었다. 베개에 등을 기대고 누워 창밖을 내다보았다. 라라가 노트북을 가져다주었다. 노인은 어제와 마찬가지로 뉴스를 읽으려 했다. 쉽지는 않았다.

그는 침대에서 라라가 끓여다 준 죽을 먹고 그녀가 가져온 스팀 밀크를 마셨다. 그러고는 다시 옅은 잠에 빠져들었다. 한동안 졸다가 일어나 책을 읽었다. 그가 아래층으로 내려간 것은 점심때가 지나서였다.

카페는 사람들로 북적였다. 오후 3시부터 6시 전까지가 가장 붐비는 시간이었다. 점심을 먹고 커피를 마시러 온 사람들, 오전 내내 번화가를 돌아보고 지친 다리를 쉬러 온 관광객들, 저녁 약속 때까지 시간을 죽이러 온 여자들, 근처 바에 연주를 하러 온 어린 뮤지션들……

카페 안에는 빈자리가 없었다. 노인은 바깥으로 나갔다. 다행히 야외 테이블 한 군데가 비어 있었다. 그는 모과나무 아래 자리를 잡았다. 직원들 모두가 분주했다. 그에게 큰 관심을 기울이지 않았다. 노인은 라라가 어디 있는지 눈으로 찾았다. 그녀는 일본인 관광객들 곁에 서 있었다. 테이블에 중년 여자들이 빙 둘러앉아 있었다. 그 가운데에 여행 지도가 놓여 있었다. 상황으로 보건대 그중 한 명이 라라에게 지리를 물어본 듯했다. 그러나 그들은 더 이상 지도에 관한 얘기를 하고 있지 않은 것 같았다.

라라의 깡마른 손이 허공에서 어지럽게 움직이며 여러 가지 모양을 그렸다. 그녀는 기회가 닿을 때마다 손님들과 대화하기를 좋아했다. 일본어로 나누는 대화라면 더더욱 그랬다. 어릴 적 생각이 난다고 했다. 가끔은 그녀 쪽에서 먼저 손님들에게 말을 걸 때도 있었다. 그들의 반응은 대개 비슷했다. 라라만큼 성의 있게 이야기를 주고받는 경우는 드물었다. 간혹 부담스러워할 때도 있었다. 어색한 미소로 어떻게든 빨리 대화를 마무리 지으려 들곤 했다. 노인은 라라에게 그런 것을 일부러 들추어 내보인 적이 없었다. 만약 그렇게 한다면 그녀는 크게 상처받고 말지도 모른다. 한순간에 생기를 잃고 노인 자신보다도 훨씬 늙어 버릴지도 모른다.

그는 거기까지 생각하고 시선을 돌렸다. 맞은편 테이블에서 젊은 여자가 담배를 피우고 있었다. 그녀가 성의 없이 담배를 털자 하얀 담뱃재가 나무 바닥 위로 떨어졌다. 노인은 공기가 차다고 느꼈다.

그는 느릿느릿 자리에서 일어났다. 건물로 들어갔다. 2층 자기 침대로 돌아가고 싶었다. 그러나 곧장 계단으로 향하지 못했다. 걸음을 멈춰야 했다.

"저기요. 죄송한데, 좀 적당히 하시면 안 돼요?"

젊은 남자였다. 그는 일본인 관광객들 바로 옆 테이블에 앉아 있었다. 라라를 향해 말한 것이 분명했지만 그녀는 그의 말뜻을 이해하지 못한 듯 보였다. 노인도 마찬가지였다. 그가 걸음을 멈춘 것은 순전히 본능적인 반응이었다.

"여기 커피 마시러 오는 곳이잖아요. 사장님 맞으시죠? 제가 여기 방침에 대해서 이래라저래라 할 입장이 아니긴 한데요. 근데 옆에서 계속 봤는데, 이건 진짜 좀 아닌 거 같아서 말씀드리는 거예요. 할머니, 손님들 불편해하는 거 안 보이세요? 죄송한데 외국인한테 우리나라 이미지도 있고 해서 제가 조용히 있을 수가 없네요."

청년의 미소는 경직되어 있었다. 그의 동행이 그를 따라 어색하게 웃어 보였다. 청년을 말릴 생각은 없어 보였다.

"손님들이 싫어하는데 붙잡고 계속 본인 얘길 하시면 누가 여길 좋게 생각하겠어요. 외국인들도 자기네들끼리 다 그런 정보 주고받고 그러는데, 잘못하면 한국 이미지까지 안 좋아져요."

일본인 여자들이 그와 라라를 번갈아 보며 저희들끼리 조심스럽게 눈짓을 주고받았다. 노인은 직원들을 돌아보았다. 모두가 굳어 있었다. 몇몇은 서로 눈길을 교환했다. 그중 누구도 앞에 나서려는 기색은 없었다.

라라는 뻣뻣하게 굳은 채 청년을 마주했다. 자신을 향한 시선을 피하지 않았다. 가까스로 미소를 지었다. 노인은 그녀의 눈빛이 변한 것을 느꼈다.

"학생, 학생이 무슨 말 하는지 알겠어. 근데 나는 그렇게 생각 안 해요. 여기 오시는 손님들 대부분이 그냥 커피만 마시고 싶어 하시지 않거든. 한국에 대해 여러 가지 알고 싶어 하시기도 하고 한국인과 얘길 나눠 보고 싶어 하시기도 해요. 그래서 우리는 그런 점에서 편의를 제공하는 거야. 그게 이 가게가 다른 곳들에 비해 갖고 있는 독특한 점들 중 하나고. 그런데 그걸 처음 온 학생이 자기 입장에서만 판단하고 말을 해서는, 안 되겠지?"

라라가 차분히 말을 맺었다. 청년이 짧은 헛웃음을 뱉었다. 곤혹스러운 표정으로 눈을 껌뻑였다. 약간 빈정거리는 투로 대꾸했다.

"네. 물론 그러시겠죠. 근데 할머니 생각에는 그러실 수 있어도 저는 그렇게 생각이 안 되거든요. 그래서 말씀드린 거예요. 기분 나쁘시라고 한 게 아니고요. 제 생각에는 분명히 저분들이 싫어하시는 걸로 보였거든요."

청년이 손짓으로 일본인들을 가리켰다. 라라의 눈길이 그의 동작을 매섭게 따라갔다. 관광객들은 자못 당황한 눈치였다. 그중 하나가 라라에게 슬그머니 말을 건네는 것 같았다. 라라가 그들에게 고개를 돌렸다. 더 이상 노인의 자리에서 그녀의 얼굴이 보이지 않았다.

그는 거기까지 지켜보고 돌아섰다. 계단을 통해 2층으로 올라갔다.

욕실에 들어가 소변을 보고 비누로 손을 씻었다. 세

수를 했다. 뜨거운 물을 양손 가득 담아 몇 번이고 귀와 눈가를 적셨다. 물기를 닦고 라라가 사다 놓은 로션을 발랐다. 침대로 들어갔다. 베개에 머리를 뉘자 잠이 쏟아졌다. 그는 순식간에 깊은 잠에 빠져들었다.

눈을 떴을 때 하늘은 컴컴했다. 잠을 깨운 것은 요의였다. 카페는 여전히 영업 중이었다. 아래층에서 음악과 사람들 소리가 들려왔다. 창밖에서 나무들이 흔들렸다. 바람이 불고 있었다. 방 안 공기 역시 냉랭했다. 화장실을 다녀온 그는 커튼을 여미러 창가로 갔다. 그때 문득 길가 풍경이 눈에 들어왔다. 젊은이들 몇이 낄낄대며 길 건너편에 모여 서 있었다. 노인은 그들 가운데서 카페 매니저 중 하나를 알아보았다. 곧이어 그 곁에서 함께 웃고 있는 남자가 낯익은 것을 깨달았다. 틀림없이 전에 본 적 있는 얼굴이었다.

침대로 돌아온 후에도 그 얼굴이 눈앞에 어른거렸다. 중키에 살집이 약간 있는 체구였다. 짧고 단정한 머리 아래로 뿔테 안경을 끼고 있었다. 희미한 이목구비에 인상이 신경질적이었다.

노인은 잠시 후에야 불현듯 그를 기억해 냈다. 심장이 무겁게 내려앉았다. 낮에 라라와 사건이 있었던 그 청년이었다. 노인은 기억 속 얼굴을 재차 더듬어 보았다. 틀림없었다. 동일인이었다. 그 시건방진 청년은 놀랍게도 카페 직원의 친구였다. 잠기운이 거짓말처럼 달아났다.

뺨에 열이 올랐다. 그들은 무슨 얘기를 하고 있었던 걸까. 통쾌하게 웃던 둘의 모습이 떠올랐다.

그는 곧바로 매니저와 청년이 둘이서 계획적으로 라라와의 사건을 저질렀을 가능성을 고려해 보았다. 매니저가 라라를 썩 좋아하지 않는 것은 분명했다. 카페 직원들 모두가 그랬다. 다들 그녀를 불편해했다. 그녀의 태도와 결정을 비웃고 험담했다. 젊고 교활한 매니저가 친구를 시켜 사장에게 그런 짓을 하게 만들었을 가능성은 충분했다.

그러나 확신할 수 있는 것은 무엇도 없었다. 매니저와 함께 있던 그 남자는 정말 낮의 건방진 청년일까? 밤하늘의 어둠이 낯선 얼굴을 눈에 익게 뒤바꿔 놓은 것은 아닐까? 혹은 그의 복잡한 감정이 판단을 흐려 놓았는지도 모른다. 노인은 습관적으로 입가를 문질렀다. 모든 게 혼란스러웠다. 오직 기분 나쁜 울적함만이 가슴 가득 차올랐다. 정신을 아득하게 만들었다. 그는 무심코 작은 탄식을 뱉었다. 그뿐이었다. 어떤 말도 할 수 없었다. 그는 이미 많은 것들을 잃었고, 잃어 가는 와중이었다. 거대한 체념이 간신히 그의 삶을 지탱하고 있었다. 그런 느낌이 들었다.

기침 같은 흐느낌이 터져 나왔다. 그는 서둘러 손으로 눈가를 훔쳤다. 눈물을 닦았다. 혼란을 따라 현기증 같은 졸음이 찾아왔다. 노인은 곧 혼절하듯 잠이 들었다.

잠에서 깼을 때는 새벽녘이었다. 눈을 뜨고 처음으로 본 것은 라라의 뒷모습이었다. 그녀는 침대 끝에 앉아 있었다. 흰머리 섞인 긴 단발이 어깨 위로 늘어뜨려진 채였다. 마른 등이 꼿꼿했다. 노인은 잠이 덜 깬 눈을 끔뻑거리며 그녀를 물끄러미 응시했다. 그의 시선을 느낀 라라가 뒤를 돌아보았다.

"일어났어요?"

"왜 이 시간에 그러고 있어요?"

"잠이 깼는데 다시 잠들기가 힘드네요."

노인은 비틀거리며 몸을 일으켰다. 그녀 곁으로 걸어가 옆에 앉았다. 라라가 그의 손을 잡았다. 자기 무릎 위로 그의 손을 끌어당겨 쓰다듬었다. 그녀의 손은 차가웠다. 그들은 한참 동안 입을 다문 채 멍하니 눈앞의 벽과 유리창을 보았다. 새벽하늘은 먹구름으로 어두웠다. 젖은 후박나무와 감나무가 보였다. 가는 비가 내리고 있었다.

"매니저 하는 친구 말입니다."

"둘이나 있죠."

"맘에 들지가 않아요. 그만두라고 했으면 좋겠어요."

라라가 노인을 돌아보았다. 그는 입을 다문 채 고집스레 정면을 바라보았다.

"다들 열심히 하는데 갑자기 그만두라고 할 수는 없죠. 뭐가 맘에 안 든다는 거예요?"

"같이 일하는 여학생한테 말을 아주 못되게 하는 걸 봤어요."

노인은 거짓말을 했다. 그는 라라에게 자신의 의심을 감히 털어놓을 수 없었다. 그녀가 그런 일을 감당할 수 없을 것을 알고 있었다. 그의 거짓말에 라라는 갑자기 웃음을 터뜨렸다. 그러고는 나직하고 단호하게 답했다.

"하는 걸 더 잘 지켜보고, 내가 생각해 볼게요. 오빠는 그런 문제에 너무 엄격한 데가 있어요."

그녀는 자기 직원들 중 누구도 쉽게 그만두게 하지 않을 것이다. 그는 어렴풋이 그것을 깨달았다. 매니저 둘은 라라가 교회에서 연을 맺은 사람들로부터 부탁받아 고용한 청년들이었다. 그런 일을 해결하기란 그녀에게도 골치 아픈 문제일 것이다. 노인은 라라를 돌아보았다. 화장기 없는 얼굴에는 주름이 가득했다. 그는 잠시 뜸을 들이다가 물었다.

"여기 있던 난 화분을 아래층에 가져다 놨어요?"

"봤어요? 너무 어울리죠. 생각해 봤는데……."

노인은 그녀의 말을 잘랐다.

"다시 여기로 가져다 놓으면 좋겠어요. 없으니 허전해서."

라라가 눈치 보듯 그의 표정을 살폈다. 그는 그녀의 눈에 스치는 감정을 읽었다. 그녀는 그가 말하는 것보다 더 여러 가지에 관해 생각하고 있었다. 어쩌면 그가

차마 입에 올리지 못한 것들까지 짐작해 버렸는지도 몰
랐다. 그는 몸을 돌려 라라와 포옹했다. 그녀가 팔을 들
어 노인의 어깨를 양손으로 가볍게 토닥였다. 둘은 잠시
그대로 서로를 안고 있었다. 창밖에서 무언가가 떨어지
는 소리가 들린 것은 그때였다.

"뭐지?"

라라가 놀라며 물었다.

"감일 거예요."

노인의 말에 라라는 곰곰이 생각하더니 답했다.

"아니, 모과일 거예요. 감이 떨어질 때 나는 소리하곤
달라요. 모과가 감보다 훨씬 단단하잖아요."

그러고는 노인의 뺨에 차가운 코를 비비며 중얼거
렸다.

"난 그런 것쯤은 소리를 들으면 알 수 있어요."

그 말에 노인은 아무 대꾸도 하지 않았다. 그는 속으
로 그것이 감일 것이라, 틀림없이 그제와 마찬가지로 감
일 것이라 생각하고 있었다.

더
위

속
의

잠

멀리서 새소리가 들려왔다. 할아버지들이 여행을 떠난 집은 몹시 조용했다. 늦잠을 자고 일어난 윤은 발을 끌며 욕실로 걸어갔다. 2층 거실의 열린 창문에서 부연 빛이 들어오고 있었다. 욕실은 거실 창문과 마주 보는 위치에 있었다. 윤은 욕실 문을 열고 안으로 들어가 옷을 벗었다. 문을 잠그지 않고 샤워를 하기 시작했다. 물소리에 희미하던 새소리가 묻혔다. 그다지 크지 않은 할아버지 집에는 욕실이 두 개나 있었다. 오래전에 지어진 건물이라는 것을 감안하면 특이한 일이었다. 1층의 욕실은 주로 할아버지들이 사용했고 2층의 작은 욕실은 윤이 사용했다. 윤은 노인들이 여행을 떠나기 전까지 한 번도 문을 잠그지 않고 욕실을 사용해 본 적이 없었다.

샤워를 마쳤을 때는 열린 문 밖으로 물이 조금 흘러 나와 있었다. 2층 욕실은 1층에 비해 훨씬 좁았다. 흰색과 청록색 타일들에는 금이 가 있었고, 샤워기에서는 자주 느닷없는 찬물이 나왔다. 윤은 머리칼과 몸을 닦고 파우치에서 화장품이 담긴 작은 병들을 꺼냈다. 거울을 보지 않고 얼굴에 스킨과 로션을 발랐다. 발에 느껴지는 물기에 바닥을 내려다보았다. 문 앞에 물이 고여 있었다. 윤은 머리칼에서 흐른 물방울이 군데군데 떨어진 모습을 보다가 눈을 감고 수건으로 머리를 털었다. 젖은 발로 돌아다니며 나무 바닥 곳곳에 물기 어린 발자국을 남겼다.

별다른 할 일이 없는 주말 오후였다. 계단을 내려간 그녀는 1층 거실 테이블에 놓여 있던 휴대전화를 손에 들었다. 메시지가 도착해 있었다. 남자 친구로부터 온 것이었다. 그는 노인들이 언제까지 집을 비우는지 묻고 있었다. 이미 몇 번이나 반복된 질문이었다. 남자 친구는 과외 중이었고, 그 때문에 약간 정신이 없는 것 같았다.

다음 주 수요일까지.

윤은 답장을 보내며 오늘은 토요일이라는 사실을 떠올렸다. 덜 마른 단발머리 끝에서 물방울이 계속 떨어졌다. 바닥에 얼룩을 남겼다.

여행 이야기를 처음 들은 것은 그들이 떠나기 며칠 전이었다. 할아버지와 작은할아버지, 할아버지의 친구, 그리고 작은할아버지의 애인이 네 분이서 떠나는 여행이었다. 할아버지들이 여행을 다녀오시는 동안 집을 사용하게 될 사람은 윤 혼자였다. 그들이 떠나도 그녀는 집에 남을 수 있었다. 그 사실은 윤에게 어쩐지 이상하게 느껴졌다. 자신이 집에 들어오고 집에 머무는 일에는 항상 할아버지의 허락이 필요한 것만 같았다. 그동안 윤은 줄곧 두 노인과 함께였다. 할아버지들은 대개 안방에서 시간을 보냈고 그녀는 2층에 머물렀다. 이 집 안에서 세 사람의 생활은 공유된 것인 동시에 겹치지 않는 것이었다.

노인들과 윤이 함께 살게 된 것은 몇 달 전부터였다. 할아버지는 그녀의 육촌 친척이었고 윤은 서울의 대학에 입학하게 된 지방 학생이었다. 할아버지가 아니었다면 기숙사에 들어가거나 자취방을 얻어야 했을 것이다.

기묘한 동거의 시작점은 조금 이상하게도 장례식이었다. 윤이 아직 대학에 입학하기 전 어느 날 어머니와 아버지는 먼 친척의 장례식에 찾아갔고 그곳에서 할아버지와 만났다. 오랜만에 뵙는 분이었지만 학구적인 인상은 조금도 변함이 없고 건강 또한 좋아 보이셨다고 그날 장례식에서 돌아온 부모님은 할아버지에 대해 그렇게 말했다. 서울에 살고 계시니 어쩌면 윤이 대학에 진학한 뒤 그에게 조금 신세를 지게 될지도 모르겠다는 말을 덧붙였다. 마침 노인의 집은 윤이 지망하는 대학과 무척 가깝다고 했다.

네 얼굴 꼭 한번 보고 싶다고 그러셨어.

어릴 때 봤는데 넌 기억 안 나지?

그렇게 말했던 것은 어머니였던가 아버지였던가. 윤은 할아버지의 얼굴이 조금도 기억나지 않았다. 이름 또한 낯설었다.

그로부터 얼마 후 할아버지는 작은할아버지와 함께 윤의 집에 방문했다. 그들이 오기 전 어머니는 청소를 했고 아버지는 닭죽을 끓였다. 당시 윤의 부모님은 두 분 다 일을 하지 않고 있었다. 어머니는 몇 년 전 건강 때문에 일을 그만두었고 아버지는 그해 들어 원치 않게 일자리에서 내몰렸다. 윤의 집에는 가난이 스며들고 있었다.

그리고 집으로 찾아온 할아버지는 닭죽을 먹으며 말했다.

타지에서 애 혼자 살게 하면 위험하지. 요즘 그런 애들만 노려서 일어나는 범죄가 얼마나 많은데. 그러지 말고 애 대학 가거든 차라리 우리 집으로 보내. 학교도 우리 집하고 가깝다면서.

할아버지는 마치 윤이 그 대학에 입학하는 게 당연한 일이라도 되는 것처럼 말했다. 그의 집 가까이에 있는, 윤이 합격을 원하는 그 대학. 할아버지의 말에 작은 할아버지가 윤을 쳐다보았다. 윤은 눈을 깜빡였다. 할아버지는 당연하다는 듯 말을 이었다.

우리 집에 빈방도 있겠다, 애만 괜찮다 하면 걱정할 것 없이 우리한테 보내는 게 나아. 부모 입장에서도 그 편이 훨씬 마음 편하지 않겠어. 우리가 애 공부 방해할 것도 아니고.

어머니와 아버지가 서로 얼굴을 마주 보았다. 윤은 닭죽이 담겨 있던 빈 그릇으로 눈길을 돌렸다. 부연 국물에 녹아 있는 희끄무레한 마늘 조각을 내려다보며 우선은 서울로 대학을 가는 일이 더 중요할 것 같다는 자조 어린 생각을 했다. 윤은 재수생이었고, 집안 형편이 좋지 않다는 것을 알면서도 재수를 선택했던 윤에게 죄책감은 피할 필요 없는 감정이었다. 그 당연한 마음을 따라 윤은 점점 더 말수가 적고 자신감 없는 사람이 되어 갔다.

윤은 본래 부모님과 대화를 하는 일이 드물었다. 그날도 윤은 부모님과 할아버지의 대화에 자신의 의견을 더하지 않았다. 그날 이후 대입 시험이 있기 전까지 부모님은 가끔 할아버지와 통화하며 안부 인사를 주고받았다. 부모님은 종종 할아버지에게 윤이 잘 지내고 있다고 말했다. 나는 잘 지내고 있는 것인가? 윤은 그 말을 들을 때마다 방으로 돌아가 깊고 무거운 잠을 자고 싶어졌다.

시간이 흘러 윤이 원하던 대학에 합격하자 부모님은 그녀를 할아버지 댁에 보내기로 결정했다. 그편이 안전하다는 얘기였다. 돈 문제도 있었다. 서울에 자취방을 얻으려면 보증금이 필요했다. 다달이 월세도 내야 했다. 보증금으로는 대개 500만 원 또는 그 배의 액수가 필요했다. 그보다 더 싼 방을 얻을 수도 있었지만 쉬운 일은 아니었다. 월세 역시 그랬다. 몇십만 원을 다달이 지출하는 건 큰 부담이었다. 윤은 아르바이트를 해서 돈을 버는 건 어떨까 고민했다. 어쩌면 그 일로 월세를 마련할 수도 있을 것 같았다. 그러나 어디까지나 불확실한 방법이었다.

그때까지 할아버지는 한 번도 돈 얘기를 꺼낸 적이 없었다. 윤에게 방을 내주겠다는 말이 전부였다. 덕분에 윤의 가족은 그 침묵에 기대어 생각했다. 생판 모르는 타인에게 하듯이 다달이 월세를 낼 필요는 없는 것 아닐까. 염치라는 게 있으니 얼마의 생활비를 건네기는 해야겠지만 그래도 남 같지는 않겠지. 윤의 가족에게는 믿음이 필요했고, 믿음 이상으로 용기가 필요했다.

아버지는 과거 이야기를 하기도 했다. 할아버지가 보다 젊었을 때 아버지의 아버지가 일종의 은혜를 베풀었다는 이야기였다. 나 어릴 때 그 양반이 우리 집 뒷방에 살았어. 그때 우리 아버지가 그 양반을 항상 챙겼어. 어딜 가든 김 수재, 김 수재, 그렇게 그 양반 칭찬을 해 댔어. 윤은 그 이야기를 듣고 할아버지의 젊은 시절 별명이 수재였다는 것을 알았다. 먼 옛날 동네에서 가장 영민한 아이였을 때 붙여진 이름이라고 했다.

아버지는 한편으로 할아버지의 과거 이야기를 늘어놓으며 작은할아버지 이야기는 거의 하지 않았다. 윤은 할아버지 이야기도 작은할아버지 이야기도 그다지 궁금하지 않았기에 아무것도 묻지 않았다. 그 대신 3월이 되어 대학생이 되고 나면 무슨 일을 먼저 해 볼지 혼자 상상하고는 했다. 아르바이트를 하고, 남자 친구를 사귀고, 1학년 때부터 취업 준비도 착실히 해 나가야지. 윤은 용감한 사람이 아니었으나 조용한 사람이었다. 그녀는 그저 겁 많고 조용한 사람다운 태도로 변화를 마주해 나갔다.

그로부터 얼마 후 윤은 간단한 이삿짐을 챙겨 할아버지 집으로 오게 되었다. 생각보다 크지 않은 이층집이었다. 거실 바닥과 계단은 나무로 되어 있었고 계단을 걸어 올라갈 때면 삐걱거리는 소리가 났다. 윤이 지내게 될 방에는 청소기가 세워져 있었다. 오래된 농구공도 하나 있었다. 살짝 바람이 빠진 농구공은 잠든 고양이처럼 보였다. 그런가 하면 방 가운데 창문에서 창살 너머로 마당의 농구대가 보였다. 어린아이용이었다. 장난감 농구대와 어른용 농구공이라니 이상한 조합이었다.

이 집에는 어린아이가 살지 않는데 어째서 저기 저런 농구대가 있는 것일까.

농구대는 햇빛에 색이 바래 있었다. 윤은 물결무늬를 그리며 휘어진 장식용 창살을 잠시 바라보다가 방을 나섰다. 아래층에 남겨진 짐을 가지러 내려갔다. 그것이 몇 달 전 일이었다.

윤의 남자 친구가 할아버지의 집으로 찾아온 것은 일요일 오후였다. 그는 영화가 담긴 외장 하드와 과자 봉지들을 거실 테이블에 꺼내 놓으며 말했다.

생각보다 집이 크네.

그의 셔츠에서는 새 책의 종이에서 날 법한 냄새가 났다. 윤이 선물한 향수였다. 굳이 그 향수를 선물한 것은 윤 자신의 은밀한 기쁨을 위해서였다. 향수병은 불투명하고 기다란 직사각형 모양이었고, 윤에게는 그처럼 마음에 드는 모양새를 하고 있는 향수병을 구입할 만한 적절한 이유가 필요했다. 언젠가 이 사람과 헤어지게 된다고 해도 윤은 영원히 그 향수를 구입하던 순간을 기억할 것이다. 향수를 사 본 것은 처음이었다. 윤 자신을 위한 향수였다면 그 병을 볼 때마다 또다시 익숙한 죄책감을 느껴야 했겠지만 남자 친구의 생일 선물을 위해 돈을 쓰는 것은 정당한 일이었다. 윤은 마치 머릿속에서 누군가 추궁하고 있기라도 한 것처럼 그런 생각들을 가다듬었고, 그런 생각들에 대한 기억은 향수를 구입하던 순간 느낀 기쁨과 초조함에 대한 기억과 함께 영원히 윤을 떠나지 않을 것 같았다.

남자 친구는 집 안을 두리번거리며 두 손으로 과자 봉지를 뜯었다. 봉지는 커다란 소리와 함께 툭 뜯겼다. 순식간에 과자 냄새와 향수 냄새가 뒤섞였다. 남자 친구는 봉지 속으로 손을 집어넣고 과자를 한 움큼 꺼내 한 번에 입에 넣었다. 배가 고팠는지 빠르게 과자를 씹어 삼켰다.

이 집이 커?

윤은 그렇게 물으며 거실을 돌아보았다. 남자 친구는 그렇다고 답하며 또 한 번 봉지에서 과자를 꺼냈다.

네 말만 들었을 때보다 훨씬 큰데.

주택이면 다들 이 정도 크기 아닌가. 보통은.

몰라. 이런 집에 안 살아 봤어.

하긴 나도 잘 몰라.

창밖에서 햇살이 밝게 내리쬐고 있었다. 마당의 흙은 본래 색을 잃고 빛을 감내하는 중이었다. 지나가는 느린 바람에 대추나무 잎사귀들이 흔들렸다. 잎사귀는 초록빛이었지만 은빛으로 보이기도 했다. 고요한 가운데 남자 친구가 과자를 씹는 소리만이 반복되었다.

윤은 그를 돌아보고 웃으며 물었다.

그런데 너 배고파? 아침 안 먹었어?

응?

오자마자……

윤이 고갯짓으로 그의 손에 들린 과자 봉지를 가리켰다. 남자 친구가 멋쩍은 듯 웃었다. 과자가 들여다보이는 찢어진 봉지를 아직 뜯지 않은 봉지들 옆에 내려놓았다. 과자 가루가 묻은 손을 몇 번 털었다. 거실 바닥으로 가루가 떨어졌다. 가루가 신경 쓰였지만 윤은 잠자코 있었다. 거실의 오래된 나무 바닥은 군데군데 갈라진 틈이 많았다. 그 틈으로 이물질이 들어가면 없애기가 쉽지 않았다. 더욱 신경 써서 청소를 해야 했다.

이 집의 노인들은 두 사람 모두 그런 틈새 청소를 신경 쓰지 않았다. 집 안은 대체로 깔끔했지만 완벽하게 깨끗하지는 않았다. 집을 자주 청소하는 사람은 없었다. 게다가 작은할아버지는 소리에 예민했다. 청소기를 사용하는 일은 금지되어 있었다. 청소에는 빗자루나 걸레만을 사용할 수 있다는 것이 이 집의 암묵적인 규칙이었다. 빗자루나 걸레로 하는 청소는 청소기로 하는 청소보다 조금 더 힘들었다. 할아버지들은 눈이 침침했고, 빗자루나 걸레질은 대개 완벽히 마쳐지질 못했다.

이 집의 규칙은 청소기 사용에 관한 것만이 아니었다. 밤늦게 텔레비전을 보거나 쿵쿵 발을 구르며 걷거나 큰 소리로 음악을 틀 수도 없었다. 물론 그런 일들은 자취방에서 혼자 살 때도 조심해야 하는 것들이었다. 방음이 잘되지 않는 건물에 입주할 경우엔 더욱 그랬다. 의도치 않은 소음으로 이웃들에게 폐를 끼치게 될 수도 있었다.

네 방은 어디야?

과자 가루가 충분히 떨어져 나가지 않았는지 부엌으로 들어간 남자 친구가 싱크대에서 물을 틀고 손을 씻었다. 열려 있는 부엌문 뒤로 기둥에 가려진 남자 친구의 뒷모습이 보였다. 나무로 된 미닫이문에는 낡은 격자가 끼워져 있었고 격자의 장지는 색이 바래서 노랗게 보였다. 언제나와 같은 풍경 속에 들어와 있는 남자 친구의 모습은 약간 초조해질 만큼 어색하게 느껴졌다. 그는 물을 잠그고서 윤을 돌아보았다. 의아한 표정을 지었다.

윤아, 네 방은 어디냐니까?

물소리 때문에 말이 안 들렸어. 2층이야.

아아, 맞아 2층이라고 했지. 그럼 편하겠네. 1층하고 층을 따로 쓰니까.

남자 친구가 계단을 힐끗 보며 말했다.

올라가 보자. 네 방 보고 싶어.

그는 윤을 따라 계단을 올라가며 중얼거렸다.

근데 정말 생각보다 집이 특이하고 좋다. 자취방 사는 것보다 여기 사는 게 좋을 수도 있겠네. 집도 크고. 여자애들은 혼자 사는 것보다 어른들이랑 같이 사는 게 정말 더 낫기도 하니까.

왜?

앞서 계단을 올라가던 윤이 남자 친구를 돌아보았다. 남자 친구는 잠시 예상 밖의 질문을 들은 것처럼 멈칫했다. 그러고는 애매한 미소를 지었다. 윤은 한 번 더 질문을 던지려다가 그만두었다. 그가 무엇이라고 대답할지 윤은 사실 이미 알고 있었다. 습관에 따라 대꾸하도록 이끄는 질문들이 있었고, 윤이 하는 질문은 윤의 의지가 어떠하든 대개 그런 질문으로만 머물렀다. 윤은 남자 친구를 좋아했기에 아직은 그의 그런 습관에 익숙해지고 싶지 않았다. 누군가를 좋아하는 마음이나 누군가를 좋아하고 싶은 마음은 어른이 되기 위한 중요한 단계처럼 느껴졌다.

윤의 동갑내기 남자 친구는 그녀와 마찬가지로 재수생이었다. 둘은 학기가 시작하고 얼마 지나지 않아 곧바로 사귀게 된 사이였다. 그들은 함께 일본어를 전공했고, 사귀기 시작한 후 과 내에서 재수생 커플로 유명해져야만 했다. 윤은 이러다 헤어져도 계속 꼬리표를 달게 되진 않을지 불안했지만 남자 친구는 주목 받는 게 싫지 않은 눈치였다. 윤은 가끔 많은 것이 어색하거나 불편했으나 그런 생각을 굳이 자주 입에 담지는 않았다.

그와 사귀는 까닭에 윤은 다른 신입생들처럼 여러 술자리에 불려 나가지 않았다. 다른 남자애들을 소개받는 일도 없었다. 남자 친구는 원래 그런 성격인 것인지 윤에게 대체로 자기 뜻을 내세울 때가 많았다. 둘이 사귄다는 소식을 듣고 다른 사람들이 떠들어 댔던 것처럼 일단 잠자리로 끌고 들어가려는 낌새는 보이지 않았다. 다만 그는 자주 어떤 미소를 보였다. 윤이 모르는 어떤 것을 그는 이미 알고 있다는 듯한 미소였다.

남자 친구는 윤의 방에 들어서며 또 한 번 집이 참 좋다는 말을 중얼거렸다. 자기도 언젠가 이런 집을 사고 싶다는 생각을 한 적이 있다는 얘기였다.

마당이 있는 집에 살고 싶어. 요즘은 다들 다시 이런 집에 살고 싶어 한대. 땅콩주택인가, 아니 그거 말고 아무튼 좁은 땅이라도 사서 집을 짓고 싶어 한다는 얘기. 그걸 어디서 봤더라. 그 얘기를…….

윤의 방에는 책상이 없었다. 윤은 방석에 앉아 키 작은 상에서 책을 읽고, 노트북을 사용하고, 그 밖의 여러 가지 일들을 했다. 남자 친구는 그녀가 건넨 방석에 앉아 방 안을 둘러보더니, 창밖의 나무와 구름 낀 하늘을 내다보며 말했다.

부모님이 좋아하시겠다. 부모님도 여기 오신 적 있어?

이 집?

응.

처음에 짐 정리할 때 오셨어.

너희 집이 원래 거기라고 했지? 그, 거기.

윤이 고향을 말하자 그가 고개를 끄덕였다.

그래, 맞다. 거기. 요즘 피곤한가, 자꾸 뭐가 말이 잘 안 나와. 생각은 나는데 머리에서 입으로 잘 이어지지가 않아.

윤은 별 생각 없이 그의 말을 받았다.

맞아. 그럴 때가 있는 것 같아. 나도 요즘 그래.

네가 왜? 무슨 일 있었어?

남자 친구가 윤을 돌아보았다. 정말 궁금해서 묻는 것 같은 얼굴이었다. 예상치 못한 질문에 윤은 멈칫했다. 크게 당황한 것은 아니었지만 대답할 말이 생각나지 않았다. 남자 친구가 보기에는 최근 윤에게 아무 일도 없었던 것 같을지도 몰랐다.

남자 친구는 최근 아르바이트를 하나, 과외를 하나 하고 있었다. 취업 준비와 학회 일도 있었다. 군대에 가기 전까지 뭐든 열심히 해둘 생각이라고 했다. 윤도 처음에는 아르바이트나 과외 자리를 구할 생각이었다. 그러나 운이 나빴는지 그런 자리는 쉽게 구해지지 않았다. 재수생 시절에는 얼마든지 할 수 있을 것 같았던 일들이 막상 부딪쳐 보니 시작조차 어려웠다. 경쟁도 심했다. 장학금을 받으며 입학하지 못했더라면 아르바이트 구하는 데 번번이 실패하는 지금의 상황을 견디기가 더 어려웠을 것이다.

윤이 어려움을 겪는 것은 일자리를 구하는 문제만이

아니었다. 남자 친구는 과 친구들이 많았다. 윤과 사귀더라도 그들과의 관계는 꾸준히 이어졌다. 반면 윤은 주목 받기 싫어 조심한 나머지 다른 사람들과 그리 많이 어울리지 못했다. 주로 남자 친구와 시간을 보냈다. 재수생이라 남자 친구를 제외한 동기들보다 한 살 연상인 것도 약간은 걸림돌이었다. 결국 윤은 학생회는 물론 과 동아리에도 적극적으로 참여하지 않았다. 남자 친구와는 달랐다.

윤에게는 당장 바쁘게 해야 할 일이 많지 않았다. 수업이 끝나면 도서관에 가서 혼자 책을 읽거나 일본어와 영어 공부를 한다. 남자 친구와 약속이 없는 날이면 저녁 식사를 거르고 도서관에서 밤늦게까지 시간을 보낸다. 카페도 가지 않고 옷도 사지 않는다. 때로는 그저 혼자 있게 되는 것만으로 충분했다. 윤은 혼자 있는 시간을 좋아했다. 혹시 과외가 아니고도 해 볼 만한 아르바이트가 있는지 가끔 찾아보기는 했지만 처음처럼 조급하게 일을 구하지는 않았다. 면접에서 떨어지는 일이 계속되어 자신에게 무언가 문제가 있는 것은 아닌지 의문이 들자 우선 의문으로부터 등을 돌리고 싶어졌던 것이다. 학기 초 나갔던 아르바이트 면접 자리에서 윤은 잊지 못할 기분 나쁜 말을 들어야만 했었고, 그것을 쉽게 떨쳐 버릴 수 없었다.

전액 장학금을 받으며 입학한 덕분에 부모님과의 갈

등도 어느 정도는 피할 수 있었다. 어학 공부는 생각보다 적성에 잘 맞았기 때문에 조금만 노력한다면 다음 학기도 무리 없이 장학금을 빌을 것 같았다. 입학 당시 성적이 우수했기에 나쁘지 않은 성적을 유지하기만 한다면 이대로 졸업 때까지 장학금을 받을 수 있었다. 그렇게 하면 학자금 대출을 피하는 것이 가능했다. 게다가 할아버지 집에 살며 월세를 아끼니, 아직 부모님에게서 용돈을 조금 받기는 하지만 이 상태로도 가족에게 큰 폐가 되진 않는 것 아닐까. 최소한 윤에게는 아직 그렇게 변명할 여지가 남아 있었다. 그 사실이 윤을 약간이나마 안심시켜 주고는 했다. 이곳에는 이곳 나름대로 사정이 있었다. 아무런 사고가 생기지 않는 가운데 쌓여가는 감정이 있었다. 윤은 집세 대신에 마음을 지불하고 있는지도 몰랐다.

그러나 상대가 알지 못하는 것에 대해 설명하기란 쉬운 일이 아니었다. 남자 친구는 자취방에 살며 매달 윤이 내지 않아도 되는 월세를 부담하고 있었다. 그에게 그녀의 사정을 이야기해도 그것이 온전히 이해받을 거라는 보장은 없었다. 특히나 어떤 문제들은 그랬다.

윤은 눈을 깜빡였다. 방 안에 갈 곳을 잃은 시선을 던졌다.

부연 햇빛이 바닥에 드리워져 있었다. 구석에는 처음 왔을 때처럼 농구공이 놓여 있었다. 그녀는 이 집에 들

어온 후로 노인들이 농구 비슷한 운동을 하는 모습을
한 번도 본 적이 없었다. 같이 산 시간이 충분히 길지 않
기 때문일지도 몰랐다. 어른을 위한 농구공과 어린이를
위한 농구 골대. 다시 보아도 이상한 조합이라는 생각이
들었다.

윤은 농구공을 바라보다 슬그머니 얼굴을 찡그렸다.

실은 너한테 말하지 않은 일이 있어.

남자 친구에게로 눈길을 돌리며 말했다.

말할 필요 없는 일 같기도 하고, 솔직히 스스로도 좀
그래서 뭐라고 말을 꺼내질 못했는데.

남자 친구가 윤을 빤히 바라보았다. 윤은 머뭇거리다
말을 이었다.

사실 이 집에 고양이가 한 마리 있었거든. 할아버지
가 밥을 주는 코숏 남자애였는데, 나이가 어려서 그런지
장난기도 많고.

코리안 쇼트헤어. 알아.

윤은 손가락으로 팔을 긁적였다.

어디서부터 얘기해야 할지 모르겠는데.

한숨을 삼키며 거짓말을 이어 갔다.

할아버지가 고양이를 예뻐하시긴 했는데 아무래도
연세가 있으시고, 피곤하시고, 그러다 보니까 자주 놀
아 주진 않으시더라고. 근데 나도 고양이는 꽤 좋아하니

까 이 집에 온 후로 많이 놀아 줬어. 마당에서 나뭇가지 같은 걸로 놀아 주기도 하고, 장난감 같은 걸 사서 놀아 주기도 하고. 목욕도 시키고. 아무튼 나만 좋으려고 그런 건 아니었는데.

남자 친구가 눈을 키웠다. 다음 말을 기다리는 기색이었다. 윤은 시선을 피했다.

잃어버렸어. 실수로.

고양이를?

찾아봤는데 못 찾았어. 마당에서 놀다 보니까 아예 밖으로 나가고 싶어진 건지. 사람이 있을 때는 담 가까이로도 안 갔는데. 담 넘을 만큼 높이 뛰지도 않았고.

언제 그랬는데? 왜 나한테 말 안 했어?

모르겠어. 너는 바쁘잖아.

남자 친구가 입을 벌렸다. 할 말을 찾지 못한 것처럼 보였다. 그는 당황해서 윤의 어깨에 손을 올렸다. 윤은 그를 바라보지 않았다. 자기 심장이 뛰는 소리를 들었다. 사실 윤은 한 번도 고양이와 함께 살아 본 적이 없었기에 자신이 하고 있는 거짓말이 과연 말이 되기는 하는 이야기인지조차 알 수 없었다. 고양이들은 원래 집 안에서 사는 동물인지, 아니면 마당이 있는 집의 고양이들은 마당으로 나가 놀 수도 있는 것인지 전혀 알지 못하는 상태에서 아무렇게나 이야기를 완성시킬 수 있었다니 너무나 이상했다.

뭐야, 그래도 말을 했어야지. 그래야 같이 찾아봤을 텐데. 고양이 사진이라든가 그런 거 있어?

윤은 고개를 저었다.

그렇게 신경 쓸 것 같아서 말을 못 했어. 그냥, 그 얘기 하는 게 스스로 힘들어서…….

목이 천천히 잠겼다. 남자 친구가 윤의 어깨를 문질렀다. 그 손길에 서서히 윤의 눈가가 붉어졌다. 남자 친구는 당황하며 말했다.

울지 마. 지금이라도 다시 찾아봐야지. 그러게 나한테 말을 하지.

고양이 잃어버리고 나서 할아버지 보는 게 너무 힘들더라. 그런 일이 있어도 어떻게 할 수도 없고. 정말 내가 잘못한 건지도 모르겠고.

그랬겠다. 정말 힘들었겠네. 할아버지는 뭐라고 했는데?

할아버지는 어차피 길고양이들이 그렇다고, 다시 돌아올 거라고, 그 말만 하셨어.

원래 길고양이였으면 정말 그럴 수도 있긴 하겠다. 잃어버린 건 언제 그랬던 거야?

벌써 꽤 오래전이야.

근데 왜 말을 안 했어. 말을 했어야지.

모르겠어.

모르겠어. 정말 모르겠어……. 똑같은 말이 느리고

불분명하게 반복되었다. 그리고 어느 순간 윤은 정말로 터무니없는 슬픔을 감지했다. 그러려던 것은 아니었지만 마음과 달리 얼굴이 자꾸만 일그러졌다. 스스로도 무엇을 하고 있는지 알 수 없었지만 눈물은 뜨거웠다.

일단 울지 마, 진정하고 마음을 가라앉혀.

남자 친구가 윤을 안아 주었다. 그에게서 종이 같은 냄새가 났다. 윤은 그의 어깨에 머리를 기댔다. 어쩌면 윤에게 필요한 것은 남자 친구가 아니라 자신이 선물한 그 종이 같은 냄새 자체인 듯도 했다. 남자 친구가 윤의 머리를 쓰다듬었다. 그의 손가락에서 얼핏 과자 냄새가 풍겼다. 향수 냄새와 과자 냄새가 겹쳤다. 윤은 알고 있었다. 그에게 선물한 향수는 사실 윤이 갖고 싶었던 물건이었다. 그녀 자신의 것으로.

할아버지들은 수요일에나 돌아오실 것이다. 남자 친구에게 안겨 있자 돌연 욕지기가 치미는 듯한 이상한 기분이 들었다. 윤은 이대로 그와 잘 수도 있겠다고 생각했다. 한번 시작한 어리석은 짓을 조금만 더 해 보면 어떨까. 그럼 언젠가는 쉽게 끝낼 수 있을까? 거짓말은 어느새 온실처럼 윤의 비밀을 보호하고 있었다.

할아버지 집에 들어와 살게 된 지 얼마 되지 않았던 초봄의 밤, 한번은 그런 일이 있었다. 소리에 민감한 작은할아버지의 특성을 알게 된 지 얼마 지나지 않았을 당시였다. 윤은 밤중에 노트북 스피커로 음악을 틀었다. 예전 버릇대로 무심코 한 행동이었다. 몇 분이 지나고 퍼뜩 작은할아버지를 떠올린 순간 윤은 당황해서 음악을 멈췄다. 할아버지의 집에는 규칙이 있었다. 항상 소음에 주의할 것. 밤에 음악을 트는 일은 금지였다.

음악이 멈추자 방에 갑작스러운 정적이 찾아왔다. 주위는 고요했다. 긴장한 윤은 한 손을 노트북 위에 얹고서 잠시 가만히 앉아 있었다. 밤 10시였다. 평소라면 노인들이 잠자리에 들었을 시각이었다. 어쩌면 배려 없는 행동으로 이미 노인들에게 폐를 끼쳐 버린 것일지도 몰랐다. 가까스로 잠든 노인을 깨웠을 수도 있었다. 몰염치한 짓이었다.

작은할아버지는 늘 소리에 민감했다. 쉽게 신경질을 냈다. 작은할아버지가 투덜거릴 때면 할아버지는 어쩔 줄을 몰라 했다. 음악을 틀었던 것은 겨우 몇 분이었고, 보통이라면 윤은 그리 큰 잘못을 저지른 게 아닐지도 몰랐다. 그러나 노인들의 기준은 어떨지 알 수 없었다. 잠시 당황하고 있던 윤은 결국 방에서 빠져나왔다. 삐걱거리는 소리에 주의하며 계단을 내려갔다. 몰래 할아버지들의 분위기를 살펴볼 생각이었다. 계단에서 보이는 1층 거실은 어두웠다. 노인들은 예상대로 안방에 있는 것 같았다.

밤 10시에 노트북에서 음악을 틀었다고 1층까지 내

려와 집안 분위기를 살펴야 하다니. 돌이켜 보니 우스운 일 같기도 했다. 윤은 옅은 현기증을 느꼈다. 안방 쪽으로 몇 발짝 걸음을 옮기다가 방향을 정하지 못한 사람처럼 망설였다. 안방에서는 아무런 소리도 들려오지 않았다. 어쩌면 너무 예민하게 반응한 것일지도 모르겠다는 데 생각이 미쳤다. 잠든 노인들의 방 앞을 느닷없이 서성이는 것은 지나친 행동인지도 몰랐다.

긴장이 조금 풀리자 갈증이 느껴졌다. 윤은 마치 1층에 내려온 본래 목적이 그것이었던 것처럼 주방의 냉장고로 향했다. 냉장고를 열자 환한 불빛에 주위가 밝아졌다. 윤은 차가운 물병을 꺼냈다. 물을 마시려던 순간 불이 꺼져 있던 1층 욕실에서 소리가 들려왔다. 변기 물을 내리는 소리였다. 이어서 욕실 문이 열리는 소리가 들렸다. 욕실은 주방 맞은편에 있었다. 그곳에서 나온 것은 작은할아버지였다. 노인은 비틀거리며 욕실을 떠나 안방으로 걸어갔다. 어둠 속에서 노란 냉장고 불빛이 노인의 모습을 비췄다. 앙상한 다리 사이로 음경과 고환이 덜렁거렸다. 안방 문이 열리고 노인의 마른 엉덩이가 천천히 문 너머로 사라졌다. 문이 닫혔다.

작은할아버지는 윤을 보지 못한 것 같았다. 잠결이라 그랬을지도 몰랐다. 그러나 아무리 잠이 덜 깨었다고 해도 냉장고 불빛 속에 서 있던 윤을 알아채지 못하는 것은 말도 안 되는 일이었다. 윤이 있다는 것을 알고도 그처럼 태연하게 알몸을 내보였다는 가정 또한 이상하기는 마찬가지였다. 윤은 노인이 사라진 후에도 넋을 잃고 그 자리에 서 있었다. 그러다 정신없이 방으로 돌아왔다.

다음 날 작은할아버지는 평소와 다를 바 없는 모습이었다. 그가 고의로 윤에게 그런 행동을 하지 않았던 게 분명했다. 그저 노인은 딱하게도 잠시 정신이 없었던 것뿐인 듯했다. 윤은 그를 보며 그의 알몸을 떠올렸다. 노인의 몸은 창백했다. 그처럼 무방비하게 벌거벗은 몸과 거기 새겨진 굴곡을 내보이다니. 자신이 그것을 목격해야만 했다니. 우스꽝스러울 정도로 가차 없는 고통이 느껴졌다. 윤은 시간이 흐르고 그 고통이 슬픔과 비슷하다는 것을 깨달았지만 정확히 어떤 이유로 그런 느낌이 드는지는 알 수 없었다.

그 뒤로 윤은 한동안 작은할아버지가 알아채지 못할 때마다 그를 바라보고는 했다. 그들은 한집에 살고 있었지만 결코 가족이 아니었다. 노인을 볼 때면 그의 몸과 함께 그 사실이 떠오르고는 했다. 이후로 그 일은 윤만의 비밀로 남았다.

그들이 가족이 아니었기에 느낄 수 있는 것들도 있었다. 언제부턴가 윤은 할아버지가 잘 알지도 못하는 자신을 집에 받아 준 이유를 짐작할 수 있었다. 할아버지는 자존심이 세고 남에게 신세 지는 것을 견디지 못했다. 윤이 그의 방이나 욕실을 청소하는 것도, 그가 음식을 먹은 그릇을 대신 설거지하는 것도 반기지 않았다. 그냥 둬라. 매번 그렇게 말했다.

때로 윤은 할아버지가 어린 시절에 수재라는 별명을 가지고 있었다는 것을 떠올렸다. 거실 옆 작은방의 책꽂이에는 닳아서 누렇게 변한 책들이 가득했다. 그러나 새로 나온 책들은 거의 보이지 않았다. 할아버지의 과거 직업은 뚜렷하지 않았다. 그는 가난한 가정에서 태어났고, 그 때문에 젊은 시절 짧지 않은 동안 윤의 친할아버지에게 신세를 져야 했다. 아버지는 그 관계에 대해 좋은 기억들만을 이야기했지만 사실은 어땠을까. 윤의 경험에 따르면 남의 집에 얹혀사는 것은 쉬운 일이 아니었다.

할아버지는 이제 와 윤을 맡아 주는 것으로 지난날의 신세를 갚고 있는지도 몰랐다. 그것은 노인의 자존심을 위한 마지막 선택일 수도 있었다. 지난날 그는 가난했지만 지금은 적어도 어엿한 자기 집을 갖고 있었다. 그의 삶은 이제 비교적 온전했다. 언젠가 윤 역시 시간이 흘러 지금의 상황에서 벗어나게 된다면 누군가에게 노인과 같은 호의를 베풀게 될지도 몰랐다. 그것은 자신의 삶이 이전보다 더욱 온전하다는 사실을 다른 사람들에게, 또는 자기 자신에게 증명하는 길이 될 것이다.

이해할 수 있는 것이 있는 반면 이해할 수 없는 것도

있었다. 할아버지는 몇 번인가 전쟁과 동생에 대한 이야기를 흘린 적이 있었다. 그러나 길게 이야기하고 싶은 눈치는 아니었다. 윤은 전쟁에 대해 아무것도 알지 못했다. 작은 할아버지가 전쟁에서 무언가 큰일을 겪었다는 것만을 전해 들어 알고 있었다. 작은할아버지는 신경질적이었고 작은 소리에도 기분이 나빠지곤 했다. 또 일주일에 한 번 정도 어떤 할머니가 몰고 온 차를 타고 외출했다. 가끔은 하루가 지나도 돌아오지 않았다. 외출한 그가 밤이 되면 집으로 돌아오는지 아니면 계속 밖에 머무는지에 대해 윤은 한 번도 물어본 적이 없었다.

그들은 결코 가족이 아니었다. 윤은 노인의 알몸을 알고 있었지만 그 사실은 아마 언제까지고 비밀로 남겨질 것이다. 이 사람들을 진심으로 좋아하거나 싫어하는 일이 언젠가 가능해질까? 윤에게는 아직 모르겠다는 말을 반복할 시간이 남아 있었다.

월요일이 되어도 할아버지들은 당연히 집에 돌아오지 않았다. 그 대신 월요일 저녁에는 어머니와 아버지에게서 전화가 걸려 왔다. 할아버지에게 얼마간의 생활비를 부쳤다는 얘기였다.

모든 게 좋아지고 있으니까 걱정하지 마. 눈치 보지도 말고. 혹시 할아버지들이 많이 불편하게 구시는 건 아니지?

부모님이 윤에게 하고 싶은 이야기는 그뿐인 것 같
았다.

그래도 참 점잖은 양반들이야. 우리 곁에 그런 사람
이라도 있어서 얼마나 다행이야.

아버지는 그런 말을 덧붙였고 윤은 그의 말을 잠자코
수긍했다. 통화는 짧게 끝났다.

할아버지가 여행에서 돌아온 것은 그다음 날 오후였
다. 계획보다 하루 빠른 귀가였다. 노인이 돌아왔을 때
윤은 침대에 누워 있었다. 고요하던 집 안에 열쇠로 오
래된 문을 여는 소리가 울려 퍼졌다. 그 소리에 윤은 급
히 옷매무새를 가다듬고 계단을 내려갔다. 낯선 사람이
집에 들이닥친 것 같지는 않았다. 직감적으로 떠났던 이
들이 일찍 돌아왔다는 것을 알 수 있었다.

할아버지?

윤은 그를 부르며 거실로 들어섰다. 노인은 냉장고에
서 보리차를 꺼내고 있었다. 예전 자신이 밤중에 물을
꺼내던 모습도 아마 그와 비슷했을 것이라는 생각이 들
었다. 노인은 포도가 새겨진 유리 물병을 열고 컵에 보
리차를 따랐다. 그는 무척이나 피곤해 보였다. 평소보다
훨씬 초췌한 모습이었다. 그를 보자 갑자기 죄책감이 느
껴졌다. 일요일에 있었던 일 때문이었다. 윤은 처음으로
이유 없는 거짓말을 했고, 눈물은 뜨거웠다. 잃어버린
고양이는 처음부터 어디에도 없었고 앞으로도 없을 것

이다.

윤은 눈가를 문질렀다.

어디 아프냐?

차를 마시던 할아버지가 윤을 돌아보았다.

몸살 기운이 있는 것 같아요.

학교는?

몸이 안 좋아서요. 오늘은 수업도 하나밖에 없어서……

그래. 그럼 쉬어야지.

할아버지는 그렇게 말했고, 그 말을 듣는 순간 윤은 자신의 변명을 후회했다. 노인이 집을 비우자마자 게으름을 부리고 있었던 것 같아 부끄러웠다. 문득 자신이 이틀 전 처음으로 누군가와 잠자리를 가졌다는 사실이 떠올랐다. 침묵을 깬 것은 다시 한번 할아버지의 목소리였다.

참, 작은할아버지는 안 온다.

네?

안 와.

……왜요?

노인이 윤을 물끄러미 바라보았다. 그 눈길에 윤은 얼굴이 뜨거워졌다. 질문을 던졌다는 사실이 불현듯 부끄러웠다. 노인의 눈길에는 피로가 담겨 있었다. 그는 윤을 잠시 보다가 고개를 돌렸다. 보리차 통을 냉장고에 되돌려 놓았다.

그 녀석은 미순이네 집에 계속 있기로 했어.

혼잣말에 가까운 중얼거림이었다. 미순이는 아마도 승용차로 작은할아버지를 태우러 오던 할머니일 것이다. 윤은 이번 여행에도 그 할머니가 동행했다는 것을 알고 있었다. 할아버지가 가끔 흘리는 말들을 기억한 덕분이었다. 작은할아버지는 언제나처럼 그 사람과 함께 시간을 보내게 된 모양이었다. 이번에도 윤은 그가 언제 돌아오는지 알 수 없었다. 돌아오기는 하는 것인지도 알 수 없었다. 할아버지는 헛기침을 하고 윤을 바라보았다.

몸도 안 좋다면서. 우리 신경 쓸 것 없다. 가서 쉬어.

신경 쓸 것 없다는 말에 무엇이라고 대꾸하면 좋을지 알 수 없었다. 윤이 머뭇거리는 사이 노인은 안방으로 걸음을 옮겼다.

……식사는 하셨어요?

윤은 그의 등을 바라보며 물었다. 노인이 윤을 돌아보았다. 윤은 그 순간 자신의 태도가 우습다는 생각을 했다. 이 집은 여기 사는 사람들 사이의 경계를 불분명하게 만들고는 했다. 그들은 가족이 아니었지만 함께 살고 있었다. 어쩌면 그뿐만이 아닌지도 몰랐다. 윤은 얹혀살면서도 아르바이트나 과외조차 하지 않는, 무엇이 문제인지조차 정확히 알 수 없는 스물한 살이었다. 그것이 객관적인 세상의 평가였다. 윤은 매번 그 사실에 죄책감을 느껴야만 했다. 그리고 그런 윤에게 노인은 아직까지 한 번도 돈 이야기를 꺼낸 적이 없었다. 고통스러울 정도로 예의 바른 침묵이었다. 생활비를 부쳤다는 아버지와 어머니의 말이 스쳐 지나갔고, 윤은 노인에게 무슨 말이든 건네고 싶은 충동을 느꼈다.

할아버지, 저는.

그러나 거기까지 떠오른 말은 거기에서 멈췄다. 정말로 입 밖에 낼 수 있는 말은 없었다. 그사이 노인은 기침을 하며 안방 문을 열었다.

그래 그럼 나는 들어가서 좀 쉴 테니까 너도 가서……

중얼거리며 안방으로 들어갔다.

쉬어라.

그 말을 끝으로 문이 닫혔다. 윤을 거실에 둔 채 방 안의 노인이 텔레비전을 틀었다. 나지막한 뉴스 소리가 새어 나왔다. 1층 거실 창밖으로는 평소와 다름없이 햇볕이 내리쬐는 마당과 장난감 농구대가 보였다. 그 모습에 윤은 돌연 이 집이 조용히 자신의 등을 떠밀고 있다는 사실을 깨달았다. 그러나 어느 방향으로? 그것은 아직 알 수 없었다. 누군가와 가까워질수록 비밀과 슬픔이 생겨나는 것은 이상한 일이었다. 윤의 방에는 언제나처럼 잠든 고양이를 닮은 농구공이 놓여 있었다.

언제까지 이곳에서 지내게 될지는 정해지지 않았다.

어쩌면 모든 것은 그로부터 비롯되었는지도 몰랐다.

윤은 계단을 밟고 올라서려다가 걸음을 멈췄다. 속옷이 보이게 비뚤어져 있던 파자마 바지를 고쳐 입었다. 계단을 내려가 거실 테이블로 다가갔다. 테이블 주위에는 아직도 남자 친구가 흘린 과자 가루들이 떨어져 있었다. 윤은 티슈에 물을 적셔 가루를 닦아 냈다. 마루 틈새의 이물질을 빼내려 시도했다. 그사이 휴대전화에서 메시지가 도착했다는 알림이 울렸다. 일요일 날 보지 못했던 외장 하드 속 영화에 대한 남자 친구의 메시지였다. 그는 잃어버린 고양이에 대해 어떤 말도 꺼내지 않고 있었다. 그 대신 자신이 고른 영화가 늙은 남자와 소녀의 사랑에 대한 슬프고도 작품성 있는 내용이라고 설명했다. 메시지를 확인한 윤은 답장 보내기를 미루고 계속해서 마루를 문질렀다.

쥐

거리에는 비가 오고 있었다. 빗속에서 신호등이 붉게 빛났다. 양은 길고 검은 카디건을 망토처럼 휘감고 걸었다. 그녀에게는 우산이 없었다. 추적추적 내리는 밤비에 아스팔트는 늪처럼 어두웠고, 양은 흠뻑 젖어 갔다. 밤의 구도심지는 위험할 정도로 인적이 드물었다. 빈 상점의 텅 빈 쇼윈도를 지키는 것은 벌거벗은 마네킹들뿐이었다. 그들의 하얀 팔은 암흑 속에서 양에게로 뻗어 나오는 것처럼 보였다. 양은 비틀거리며 빗속으로 구두를 내딛었다.

구도심 중심부를 벗어난 야트막한 언덕 위에는 오래된 주택가가 있었다. 언덕 앞에 다다른 양은 오르막길을 오르다 말고 길 중턱에서 잠시 걸음을 멈췄다. 가방에서 휴대전화를 꺼내 전화를 걸었다. 그러나 이어지는 것은 집요한 발신음뿐이었다. 양은 전화를 끊고 휴대전화를 되돌려 넣으려 가방을 벌렸다. 그 순간 미끈거리던 전화기가 손아귀를 빠져나가 비 웅덩이로 떨어졌다. 모서리를 잘못 부딪힌 것인지 케이스와 배터리가 따로 떨어져 빗물에 잠겼다. 양은 손을 뻗어 그것들을 주워 들고 가방 속으로 밀어 넣었다. 오르막을 마저 오른 뒤 주택가 안쪽의 어느 집으로 다가가 초인종을 눌렀다.

연거푸 초인종을 눌러도 집에는 인기척이 없었다. 들리는 것은 빗소리뿐이었다. 결국 양은 가방을 뒤져 열쇠 하나를 꺼냈다. 비가 그녀의 긴 머리칼과 얼굴, 옷과 구두를 끊임없이 적시고 있었다. 잠긴 대문을 열고 들어가자 불 꺼진 이층집이 나타났다. 어두컴컴한 마당의 담벼락 앞에 홑동백나무들이 붉은 꽃을 피우고 서 있었다. 빗속에서 꽃잎들은 조금씩 뭉개져 가는 중이었다. 그밖의 모든 것은 죽어 있는 것처럼 보였다.

양은 어둠 속에서 현관문을 두드렸다. 문은 이번에도 열리지 않았다. 그녀는 가방 안쪽에서 또 다른 열쇠를 찾아 현관문의 열쇠 구멍에 끼웠다. 본래 대문 열쇠와 현관 열쇠는 하나의 고리에 걸려 있었다. 그러나 그 고리가 부서진 후 양은 열쇠들을 새 고리로 옮기기를 깜빡 잊고 말았다. 낡은 현관 열쇠를 돌리니 문이 열렸다. 동시에 홈통을 타고 흐른 물이 현관 옆에서 주르륵 흘러내렸다. 양은 젖은 몸을 끌고 집 안으로 들어갔다.

구두를 벗자 옆으로 쓰러지는 구두에서 빗물이 흘러나왔다. 양은 젖은 발로 복도를 걸어 들어갔다. 복도 조명 스위치를 찾아 켰지만 고장 났는지 불이 켜지질 않았다. 기다란 복도는 건축가였던 양의 외조부가 설계한 작품이었다. 20세기 중엽 외조부는 본래 일본 가옥이었던 이 집을 사들여 자신의 작품으로 재탄생시켰다. 이층집은 원형 복도들과 의미 모를 둥근 기둥들로 꾸며져 있었다. 좁고 긴 복도는 추위와 어둠에 취약했고, 나무 벽은 사람들의 발소리를 흡수했다. 흡수된 소리는 복도를 따라 퍼져 나가며 어둠 속에서 뒤를 따르는 낯선 발소리를 만들어 냈다.

언니, 엄마, 아무도 없어?

양은 어두운 응접실을 두리번거리며 물었다. 복도 끝에는 응접실이 있었고, 그 너머에 2층으로 이어지는 계단이 있었다. 양의 목소리에 돌아오는 대꾸는 없었다. 양은 온몸에서 물을 뚝뚝 흘리며 계단으로 다가갔다. 계단을 오르자 원피스 아래 젖어서 차가워진 스타킹이 무릎과 발목, 발등을 날카롭게 파고들었다. 나선계단은 거대한 원기둥을 중심으로 회전하는 형태였다. 기둥을 반쯤 돌자 2층에서 희미한 불빛이 보였다.

엄마?

양은 미인을 부르며 그녀의 작업실로 향했다. 불빛은

작업실에서 새어 나오고 있었다. 불빛이 있는데도 돌아오는 대꾸가 없자 어쩐지 오싹한 느낌이 들었다. 그러나 미인은 그곳에 있는 게 분명했다. 그녀는 본래 다른 사람이 말을 건네도 기분이 내키지 않으면 대꾸하지 않는 버릇이 있었다. 작업실 가까이 다가가자 희미하게 음악이 들려왔다. 무슨 곡인지 알 수 없었다. 양은 아주 잠시 망설이다가 작업실 문을 두드렸다. 돌연 음악 소리가 끊겼다.

엄마?

이번에도 돌아오는 대답은 없었다. 양은 문을 열었다. 촛불 불빛이 갑작스럽게 그녀의 눈을 덮쳐 왔다. 현기증이 일었다. 작업실 창문을 두들기는 빗소리가 한순간 굉장한 소음으로 다가왔다. 윤미인은 문에서 등을 돌리고 앉아 있었다. 짧게 잘린 회색 머리칼 아래 가느다란 목이 훤히 드러나 있었다. 예전과 거의 다르지 않은 모습이었다. 검던 머리칼이 희게 세었을 뿐이었다. 작업실에는 전처럼 비슷비슷한 분위기의 유화들이 가득했다. 미인의 손에는 붓이 쥐어져 있었다.

엄마, 나 왔어요. 밖에 비가 많이 오네. 그런데 왜 집에 불이 켜지질 않지?

양의 말에 미인은 느리게 고개를 돌렸다.

너는.

손에 들린 붓 끝에서 회녹색 물감이 묵직한 방울을

만들었다.

아버지가 돌아가실지도 모르는데 겨우 그거니?

미인과 양의 눈이 마주쳤다. 양은 어머니의 시선을 피하지 않았다.

아버지가 왜 돌아가셔. 살 확률이 그렇게 높다는데. 차라리 다른 병이 아니라 운이 좋았다고 생각해야지. 게다가 나 오자마자 꼭 그런 얘길 해야겠어?

미인은 말없이 양을 노려보았다. 양은 다시 물었다.

집에 불 왜 안 켜지는지 몰라?

미인은 입을 다물고 캔버스 위로 붓을 거칠게 가져갔다. 질척한 물감이 그림에 어둡게 내리찍혔다.

불은 고장 났어.

그래.

양은 어머니에게서 고개를 돌렸다.

왔다는 말 했으니까 난 가서 씻을게요. 언니는 아직 이야?

네 형부랑 나갔다. 밥은 저희 집에서 먹겠대.

엄마는요? 식사는 했어요?

돌아오는 답이 없었다. 양은 한숨을 삼키고 등을 돌렸다. 발소리를 죽여 계단을 내려갔다. 벽을 더듬으며 1층 욕실을 찾아가서 욕실 조명 스위치를 켰다. 이번에도 불은 켜지질 않았다. 불쑥 분노가 치밀어 여러 번 스위치를 달칵거려도 소용없었다. 어디선가 날벌레가 타들어 가는 것 같은 희미한 소리가 들려올 뿐이었다. 결국 양은 농도가 짙은 욕실의 어둠 속에 주저앉고 말았다. 그녀는 젖은 옷과 무릎을 끌어안고 팔에 고개를 묻었다. 천천히 숨을 골랐다.

1층의 복도 끝에는 응접실이 있었다. 응접실 곁에는 부엌이 있었고, 부엌 건너에는 과거 안방이었던 공간이 있었다. 안방 옆으로는 피아노가 놓인 작은 서재가 있었고, 서재에서 제일 먼 위치에는 욕실이 자리했다. 2층의 작업실 맞은편에는 예전에 양과 언니 신이 지내던 방이 있었다. 그 방은 주인을 잃은 지 오래였다. 언니는 결혼해서 따로 집을 구했고, 양은 독립해서 혼자 서울에 살았다.

외조부의 취향이 반영된 이 집은 한때 제비 저택이라는 별칭으로 불렸다. 집의 기둥과 복도들이 만들어 내는 모양이 단면도로 보았을 때 마치 제비가 날아가는 듯한 모양이라 해서 붙은 이름이었다. 양의 외조부 윤경은 기묘한 취향으로 약간의 명성을 얻은 건축가였다. 그는 대한 광복 직후에 헐값에 집을 내놓은 일본 관료로부터 이 목조 가옥을 사들였고 그 뒤 꾸준히 돈을 들여 개조를 거듭해서 지금의 형태를 완성시켰다. 집 안에는 윤경의 취향에 따라 실용성 대신 심미성만을 따진 공간들이 자리했다. 복도는 쓸데없이 구부러져 있었고, 기둥들은

2층을 떠받치기 위해서가 아니라 그저 이유 없이 그 자리에 서 있었다. 모든 방은 구불거리며 가지를 친 복도 위에 나무 열매처럼 실려 있었다.

한밤중의 집 안은 불필요한 곳까지 가지를 뻗은 복도와 느닷없이 앞길을 막는 기둥 때문에 미로 같은 인상을 풍겼다. 일제강점기 처음 이 집을 지을 때 쓰인 목재들이 아직도 집의 뼈대를 구성하고 있었다. 목재에 깃든 으스스한 소음들은 어둠 속에서 태어나는 미로에 숨결을 불어넣었다. 가족들 중에서 이 집을 자연스럽게 활보하는 사람은 오직 미인뿐이었다.

윤경의 외동딸 윤미인은 부친의 재능을 일부만 물려받은 불운한 피붙이였다. 윤경은 당대의 많은 남자들이 그러했듯이 좋은 아버지가 아니었다. 결국 미인은 그런 아버지의 그림자로부터 벗어나야 한다는 강박과 아버지를 거울처럼 반영하는 자기 모습 사이에서 방황했다. 그러다 끝내 무엇도 해내지 못하고 젊음을 소진했다.

윤경은 세상을 떠난 지 오래였다. 이제 집을 소유한 것은 늙어 버린 미인뿐이었다. 저택이라는 칭호는 옛말이 되었고, 집은 미인과 마찬가지로 늙어 있었다. 양이나 신에게 집은 골칫덩이에 가까웠다. 한국의 건축 역사 차원에서는 조금쯤 가치가 있는 건물일지도 몰랐다. 그렇다고 보수에 드는 비용을 따로 지원받을 수 있는 것은 아니었다. 주인인 미인의 의지에 따라 저택은 지금까지 외부에 노출된 적이 없었다. 때로 영화계에서 연줄을 통해 이 장소를 알아낸 이들이 촬영 협조를 구해 오는 일이 있기도 했다. 그러나 미인은 누구에게도 그런 일을 허락하지 않았다. 서서히 썩어 가는 화려하고 육중한 저택은 마치 윤미인 자신과도 같았다. 고독은 매일 밤 저택과 미인을 똑같이 길들여 갔다.

어둠 속에서 돌연 여자의 흰 얼굴이 나타났다. 짙게 분칠된 살갗 위로 윤곽이 뚜렷한 입술이 움찔거리고 있었다. 붉게 칠해진 조그만 입술은 비에 뭉개진 꽃잎처럼 보였다. 통통한 뺨에 비해 입술은 기이할 정도로 작았다. 신은 그 작은 입술을 벌려 말했다.

아니, 와 있었네? 엄마는 봤어?

양은 젖은 머리를 닦던 수건을 가슴 쪽으로 내려뜨리며 언니를 바라보았다. 1층 욕실에서 나온 양은 하필 커다란 타월 하나만 두른 차림이었다. 그녀는 그 상태로 형부 오석과 떨떠름한 인사를 나누었다. 오석은 능숙하게 응접실 벽을 더듬어 불을 켰다. 응접실 전등이 침침한 빛으로 시야를 밝혔다. 양은 슬그머니 형부에게서 등을 돌리며 어색하게 말했다.

엄마한테는 인사했어. 밖에 비가 와서, 오다가 많이 젖는 바람에 일단 씻고 있었어. 그런데 욕실 불이 켜지질 않더라.

매끄러운 양의 등에 오석의 눈길이 별 뜻 없이 머물 렀다. 신은 욕실로 다가가 조명 스위치를 달칵거렸다.

뭐야? 여기도 이래? 못살겠네. 엄마나 아빠나 정말 아무 생각들이 없다니까. 집 꼴이 이게 뭐야. 쥐가 전선 을 다 갉아 놨어. 다닐 때 발 조심 안 하면 바닥도 무너 질 기세야.

그러다 신은 문득 양을 보며 물었다.

그런데 넌 차 어디 대 놨니? 오다가 요 앞에 유료 주 차장 보니까 네 차 없던데. 그래서 아직 안 온 줄 알았지.

차 안 가져왔어.

그럼?

서울에 그냥 두고 기차 타고 왔어. 아빠 일로 신경이 쓰여서 운전하기가 좀…….

뒷말을 흐린 양은 오석에게로 눈길을 돌리며 설명을 덧붙였다.

아버지 소식 들으니까 머리로는 침착하려고 해도 마 음은 잘 정리되질 않디라고요. 그럴 때 꼭 사고 나고 그 렇잖아요. 그래서 그냥.

그 말에 신이 양을 물끄러미 바라보았다. 자매의 외 모는 서로 무척이나 달랐다. 희고 통통한 신은 아버지를 많이 닮아 있었다. 검고 날씬한 양은 부모 중 어느 쪽도 닮지 않은 편이었다. 양이 어렸을 때 미인은 그녀에게 외 할머니를 닮았다는 말을 해 준 적 있었다. 그러나 그 뒤로 양이 미인에게 그 기억에 관해 이야기했을 때 미인은 그런 말을 한 적이 없다고 우겼다. 무엇이 제대로 된 기억인지는 확신할 수 없었다.

옷을 갈아입고 나오자 신이 응접실에서 그녀를 기다리고 있었다. 양이 의자에 앉자 오석이 차를 끓여 가져왔다. 유리창 밖으로는 계속 비가 오고 있었다. 쏟아지는 빗줄기는 저택을 부술 것처럼 맹렬했다. 싸늘한 냉기가 오래된 창틀에 빗물을 따라 스며들었다. 신은 아무말 없이 인상을 찡그렸다. 빗줄기가 그녀의 두통을 자극하기라도 하는 것 같았다. 신은 찻잔을 문지르며 입을 열었다.

아빠도 정신이 나갔지. 그래도 어쩌겠어. 중간에서 나만 곤란해지는 거지.

신의 말에 오석이 양의 눈치를 살폈다. 언니의 말투가 사나워도 이해해 달라는 듯 씁쓸한 미소를 지었다. 신은 남편이 그러거나 말거나 갈라진 목소리로 말을 이었다.

좀 전에 병원에서 그 아줌마하고 마주쳤어.

그 여자?

그래. 그 여자지 그럼 누구겠어.

신은 혀를 차며 욕설을 뱉었다.

아빠가 병원에 있는 동안에는 그 아줌마 신세를 안 질래야 안 질 수가 없어. 네 형부나 나나 그렇게 한가한 사람들이 아니잖아. 그런 인간은 꼭 그 틈을 파고들어.
그 틈에 아빠 곁에 붙어서 별 갔잖은 짓을 다 해.

양은 찻잔에 눈을 내리깔았다.

그 아줌마, 언니하고도 인사는 해?

그럼 모른 척해? 무슨 엉뚱한 소리야. 그 인간이 아
빠 병실에 항상 붙어 있는데.

신이 사납게 양을 쏘아보았다. 오석이 헛기침을 했다.

당신은 감기라도 걸렸어?

신이 오석에게로 고개를 돌렸다. 그녀의 눈길은 어김
없이 사나웠다. 오석이 고개를 저었다. 양은 머뭇거리다
가 다시 물었다.

그 사람이 아빠한테 조금은 진심이었던 걸까.

왜, 죽어 가는 사람한테 붙어 있으니까 그런 것 같
아?

그럴 수도 있지.

헛소리.

신의 눈이 한층 닐카로워졌다.

넌 정말 아무것도 모른다. 그년이 진심은 무슨 진심
이야. 아빠 아프다는 핑계로 갖은 구실을 대서 레스토
랑까지 들락거리고, 사람들한테 어떻게든 눈도장 찍을
생각뿐인데.

레스토랑까지 왔다 갔어?

양의 물음에 신은 짜증스럽게 고개를 끄덕이며 대꾸

했다.

그년이 악질도 보통 악질이 아니야. 아빠 병 수발 자기가 다 들고 있다는 얘기를 벌써 사방에 퍼뜨렸어. 그렇게 해서 아빠 친구들한테 용돈이라도 좀 뜯어 볼 생각인 건지. 환자 놔두고 고생은 자기가 다 하는 척 별 지랄을 다 떨고.

신은 말을 멈추고 혀로 입술을 적셨다. 흥분을 가라앉히려는 듯 차를 마시고 한숨을 내쉬었다. 잠시 침묵하다가 중얼거렸다.

따지고 보면 이게 다 엄마 탓이야. 이제 와 우리가 뭘 어쩌겠어. 죽어 가는 아빠 붙잡고 첩질이 웬 말이냐 따지겠어? 처음부터 아빠가 어떻게 살든지 내버려 둔 건 엄마잖아. 그러니까 그런 별 잡년이 우리 집에 들러붙는 거 아냐. 하긴 그래 봤자 그년도 잘못 생각하는 거야. 아빠가 여자한테 쉽게 돈 쓰는 사람이 아닌데.

여보, 장모님이 들으시겠어.

오석이 신의 무릎에 손을 얹었다. 그의 말에 신은 작게 욕을 씹어 뱉었다.

들으면 뭐 어쩔 거야, 정신 나간 노인네가.

양은 두 손을 들어 친친히 얼굴을 가렸다. 소리 없이 한숨을 삼켰다. 신의 욕설은 한번 시작되면 쉽게 그치질 않았다. 조용한 오석이 어떻게 신 같은 사람과 함께하고 있는지 모를 일이었다. 자매는 생김새만큼이나 성

격도 달랐다. 이 빗속에서 자매는 서로 다른 방식으로 동일한 혼란을 마주하고 있는지도 몰랐다. 양은 그렇게 생각하며 신의 욕설을 빗소리에 흘려보냈다.

아무튼 너도 내일 병원에 같이 가 보자.

신은 욕을 뱉다 말고 문득 말했다.

아니, 나는.

양은 마치 예상치 못한 말을 들은 것처럼 머뭇거렸다. 신이 눈을 치켜뜨고 동생을 바라보았다. 마스카라가 짙게 칠해진 신의 속눈썹은 풍성한 꽃술 같았다. 검고 긴 속눈썹 아래서 번뜩이는 언니의 눈동자에 양은 말문이 막혔다. 죽어 가는 아버지. 어쩌면 죽지 않을지도 모르는 아버지. 그리고 어머니. 병원에 가지 않을 이유는 하나도 없었다. 그러나 어째서인지 양은 흔쾌히 내일을 기약할 수 없었다.

자매는 잠시 서로를 노려보았다. 그 순간 짧은 정적을 깨트리고 초인종 소리가 울려 퍼졌다.

오래전 신과 양의 아버지 구용진은 가난한 청년이었다. 그는 윤미인과 거의 정반대 처지에 놓여 있었다. 그래서 미인을 만났을 때 필사적으로 자신의 행운을 끌어모았고, 그 행운을 모조리 그녀를 사로잡는 데 투자했다.

용진과 미인은 서로 몹시 다른 사람들이었다. 그러나

둘은 순조롭게 서로에게 끌렸다. 용진은 미인을 동경했고 미인은 용진에게 숭배받기를 좋아했다. 그녀는 그에게 많은 것을 새로 가르쳤다. 그는 배움으로 낯선 자신을 만들어 냈다.

미인의 아버지 윤경 또한 용진에게는 귀한 조력자였다. 용진은 배움이 적었지만 욕망이 강했다. 그에게는 남다른 사업가적 자질이 있었다. 윤경은 그 점을 꿰뚫어 보고 사위의 욕망에 힘을 보탰다. 용진은 장인과 아내에게 헌신했다. 상황은 때로 자존심을 버려야 할 고비로 그를 몰아갔고, 그때마다 용진은 고집스럽게 자신을 비웠다. 그 대가로 도심 밖에 레스토랑 하나를 마련했다. 그가 가게를 위해 그 장소를 물색했을 때 어떤 이들은 그를 비웃었다. 그들은 레스토랑에서 한때 빈자였던 남자의 허영을 읽어 내려 들었다. 그러나 사업가로서 용진은 그들의 추측과 달랐다. 그는 허영을 능가하는 야심을 지니고 있었다.

용진이 레스토랑을 세운 거리는 얼마 지나지 않아 거짓말처럼 신도심의 중심으로 떠올랐다. 윤경을 비롯한 과거의 부자들은 모두 구도심에 뿌리를 내리고 있었다. 용진은 달랐다. 그는 신도심과 함께였다. 시간은 빠르게 흘러갔고 신도심에는 차례로 아파트가 들어섰다. 구도심은 끊임없이 쇠퇴해 갔다. 윤경이 세상을 떠난 것은 그즈음이었다. 그사이 용진은 레스토랑 외에도 크고 작은 여타 사업에 손을 뻗쳤다. 그는 부에 익숙해지고 있었다.

용진과 미인 부부는 첫아이를 느지막이 가졌다. 의도적으로 출산을 늦춘 것은 아니었다. 미인은 몸이 약했고 용진은 자주 바빴다. 첫아이를 가진 후 미인은 용진이 가정에 좀 더 충실하기를 바랐다. 어쩌면 그가 과거처럼 그녀에게 헌신하기를 꿈꿨는지도 몰랐다. 그러나 그녀는 헌신과 굴종을 구분할 줄 몰랐다. 그저 굴종에 가까운 헌신에 익숙해져 있었다. 성공한 사업가가 된 용진은 당연히 과거를 돌아보려 하지 않았다. 오히려 그것으로부터 최대한 멀어지기를 택했다.

당시의 용진은 어떤 것도 두려워하지 않는 사람처럼 행동했다. 그때 그는 잠시나마 정말로 두려움을 잊었는지도 몰랐다. 사람들은 용진이 미인을 이용했다고 수군거렸다. 사람들의 이야기 속에서 그와 그녀의 관계에는 더 이상 애정이 없었다. 미인은 혼자였다. 그가 신도심과 함께하듯 그녀는 구도심과 함께했다. 과거의 영광이 그녀를 점점 더 어둠 속으로 몰아넣었다.

한때 미인은 용진에게 자기가 고른 옷만을 입히고는 했었다. 그러나 어느 순간부터 용진의 옷장은 그가 사들인 색색깔의 옷들로 가득해졌다. 무지개 같았다.

사업을 한다면서 밤무대 가수로 전업이라도 한 거야?

옷장을 활짝 열고 미인은 그에게 비아냥거렸다. 그러나 용진은 더 이상 예전처럼 부끄러워하지 않았다. 그에게는 밤을 지새울 약속들이 넘쳐 났고 그 약속 상대들은 아무도 그를 비웃지 않았다. 적어도 미인처럼 얼굴을 마주 보며 그러지는 않았다.

둘째 양이 태어났을 때 미인과 용진은 이미 같은 침대에서 잠들지 않고 있었다. 미인은 용진을 시시때때로 경멸했다. 양은 산후 우울증과 함께 미인에게로 찾아왔고, 이후 오랫동안 미인은 병을 떠나보내지 않았다.

느닷없는 초인종 소리에 현관으로 나갔던 오석은 당황한 표정으로 돌아와 속삭였다.

어쩌지. 그 여자야.

이윽고 늙수그레한 여자가 미소를 지으며 오석 뒤에서 얼굴을 드러냈다. 밤은 예상보다 더욱 길어질 듯했다.

아유, 비가 참 춥게도 내리네. 안녕하세요?

그녀의 치마는 어둡게 젖어 있었다. 집 앞까지 차를 타고 왔을 텐데 마당을 지나오는 동안 비를 맞은 모양이었다. 이런 빗속에서 우산은 무용지물이었다. 빗줄기는 일정한 방향 없이 마구잡이로 흩어지고 있었다. 양은 집안에 있으면서도 그것을 느낄 수 있었다.

자매간에 오붓하게 말씀이라도 나누던 도중이셨나 보네? 분위기를 깨서 미안해요.

여자의 인사에 양은 엉겁결에 고갯짓으로 답했다. 신은 그런 동생을 흘낏 보고는 눈살을 찌푸렸다. 여자에게 인사 없이 물었다.

연락도 없이 여긴 어쩐 일이세요? 병원에 계신 거 아니었어요?

여자는 신의 말에 넉살 좋게 웃었다.

연락하고 오기도 민망한 일이라서.

그녀는 용진보다 꽤 젊어 보였다. 용진은 물론 미인보다도 젊은 것 같았다. 튀어나온 광대뼈 아래로는 주름 하나 없는 입술이 이어져 있었다. 여자는 웃음을 그치지 않으며 말을 건넸다.

그런데 왜 따님들밖에 없지. 사모님은 어디 계시나? 사모님은 아직도 몸이 많이 안 좋으세요? 사모님도 그렇고 따님들도 그렇고 당신 걱정에 식구들 몸까지 축난다고 사장님이 병원에서 내내 한탄하시던데…….

그녀는 그렇게 말하며 손에 들린 종이 가방들을 슬쩍 내밀어 보였다. 가방들은 제법 묵직해 보였다. 그녀의 손에서 가방을 받아 드는 사람은 아무도 없었다. 그러자 늙은 여자는 누가 뭐라 할 틈도 없이 자기 혼자서 가방의 내용물을 꺼내 응접실 테이블에 늘어놓았다. 가방 안에 들었던 것은 금색 보자기로 싼 밀폐 용기들이었다. 두 개의 용기에는 각각 흰 죽과 붉은 죽이 담겨 있었다. 여자는 마치 자매가 안쓰럽기라도 한 것처럼 미소를 지으며 말했다.

죽을 좀 싸 와 봤어요. 사장님이 자꾸 병원식은 입에
안 맞으신다고, 제가 끓인 것만 좀 드시대요. 근데 생각
해 보니 지금 이 댁 식구들 속이 다 말이 아닐 거 같아서
요. 간 좀 더 잘해서 가져온 건데, 그래도 먹어 보고 입
맛 안 맞으시면 다음에 말해 줘요. 잣죽이랑 해물죽이
에요. 사장님은 잣죽만 드리고 해물죽은 따로 했어요.

아니 뭘 이런 걸 다, 말씀도 없이.

신이 말을 흐렸다. 신의 굳은 표정 앞에서 늙은 여자
는 무서울 정도로 태연했다. 자신이 모욕받을 리 없다고
굳게 믿는 사람 같았다. 그녀는 선의의 화신처럼 보였
다. 선의를 딛고 선 늙은 여자의 옷차림은 꽤나 화려했
다. 레이스 원피스 위로 가운을 둘렀고, 그 위에는 브로
치를 꽂았다. 간병 중인 사람으로는 보이지 않는 차림새
였다. 양은 문득 그녀가 왜 이렇게까지 화려한 모습으로
이곳에 찾아왔는지 깨달았다. 소리 없는 경악이 한 번
더 가슴에 번졌다. 늙은 여자는 눈웃음치며 물었다.

어머니는 어디 계시나? 이렇게 왔는데 아무렴 사모님
을 뵙고 인사라도 드려야죠. 여기까지 와서 사모님을 안
뵙고 가면 그건 또 실례니까.

자매는 아무 말도 하지 못했다. 오석이 그녀들을 대
신해 나섰다.

장모님은 몸이 좀 안 좋으셔서…….

신은 남편을 따라 미인의 사정을 설명하려 입을 열었다. 어머니는 편찮으셔서 일찍 잠드셨어요. 살아오면서 이미 여러 번 해 본 거짓말이 또 한 번 필요한 순간이었다. 그러나 신의 말은 그녀의 생각대로 이어지지 못했다.

이렇게 매번 음식을 해서 아버지를 드리시나 보네요. 수고비는 아버지가 넉넉히 드려야 할 텐데요. 하기야 챙길 몫 알아서 확실히 챙기고 계시죠?

침묵이 번졌다. 말을 뱉은 사람은 양이었다. 그녀는 화난 얼굴이었다. 그 얼굴 뒤에는 수치심과 공포가 숨어 있었다. 양을 제외한 모두는 그 사실을 한순간에 꿰뚫어 볼 수 있었다. 늙은 여자가 천천히 미소를 지었다. 그녀는 그 순간을 즐기고 있었다.

양은 위층의 어머니를 생각했다. 백발의 윤미인은 가엾을 정도로 난폭하고 오만했다. 그리고 어리석었다. 늙은 여자는 그런 미인을 두 눈에 담기 위해 이곳까지 찾아온 것이 분명했다. 세상에는 그처럼 하릴없는 사람들이 있었다. 여자에게는 자매 또한 자신의 오락거리였다.

양은 늙은 여자의 미소에 얼굴을 붉혔다. 여자의 미소는 예의를 넘어 비웃음이 되고 있었다. 신은 달아오른 동생의 얼굴에 견딜 수 없는 수치심을 느꼈다. 그녀는 늙은 여자의 수작에 놀아나고 싶지 않았다. 불행을 인정하는 사람은 약자가 되고 말았다. 세상은 약자를 필요로 했다. 세상의 일부는 그런 요구로 구성되어 있었다. 신은 희생자가 될 생각이 없었다.

그 순간 자매는 각자 혼란에 빠져 침묵하고 말았다. 메스꺼운 죽 냄새가 뚜껑도 열지 않은 용기에서 벌써부터 새어 나오는 것만 같았다. 오석이 아내의 눈치를 살피고는 무언가 말을 하려고 앞으로 나섰다. 무슨 소리를 해서든 늙은 여자를 집에서 내보낼 생각이었다. 그렇게 하는 편이 나을 것 같았다. 밤은 이미 모두에게 충분히 길었다.

그러나 오석의 판단은 안타깝게도 충분히 빠르지 못했다. 그가 말을 꺼내려는 순간 빗소리에 삐걱거리는 계단 소리가 섞였다. 자매는 흠칫하며 계단을 돌아보았다. 희미한 어둠 속으로 윤미인이 나타나 있었다. 그녀는 살아 있는 시체 같았다. 낯빛은 회색이었고 피부는 물에 젖은 듯 축축해 보였다. 핏기 없이 다물린 입술은 흉터를 연상시켰다. 그림자 고인 눈가에 메마른 살기가 번뜩이고 있었다.

신아, 엄마도 차 한잔 주겠니.

고작 자존심이 무너졌다는 이유로 한 인간이 이처럼 망가질 수 있는 것일까. 신은 의문했다. 미인의 목소리는 갈라지고 잠겨 있었다.

엄마, 몸은 괜찮아?

괜찮지 않으면 왜 여기 나왔겠니. 손님 차도 같이 내

와라.

오석이 미인을 위해 의자를 가져왔다. 미인은 의자를 지나쳐 테이블로 다가갔다. 테이블에는 죽이 담긴 용기들이 놓여 있었다. 그녀는 손톱으로 용기의 뚜껑을 열었다. 강하게 풍겨 나오는 죽 냄새에 인상을 찡그렸다.

뭐 하러 이런 걸 다 해 오셨는지.

미인을 뜯어보느라 정신이 없던 늙은 여자가 그제야 미소를 지었다. 넉살 좋게 웃음을 섞어 대답했다.

아유 왜긴요. 하루 종일 병원에서 사장님 봐 드리고 있다 보면 이런저런 식구들 얘기도 많이 들어요. 그분이 안 그래 봬도 요즘 부쩍 식구들 걱정만 하세요. 병원에 계신 분이 그러는데 사람 도리로 어떻게 무시해요.

괜한 걱정을 하셨네요. 이런 게 필요하면 제가 따로 사람을 뒀을 텐데.

미인은 곁눈으로 여자를 바라보았다. 그러다가 무표정하게 고개를 돌렸다. 양은 그런 미인이 가엾게 느껴졌다. 미인의 무심한 태도는 거짓이었다. 아무리 오만한 척해도 패배를 승리로 만들 수는 없었다. 누구도 속아 넘어가지 않을 거짓을 미인만이 지키려 하고 있었다. 남편에게 미련이 없었다면 미인은 조금 더 행복했을 것이다. 적어도 지금 같은 몰골은 되지 않았을 것이다. 그런 그녀가 용진의 불륜 상대를 만나 태연할 리 없었다.

자매는 같은 것을 보면서 다른 것을 느꼈다. 신은 양

과 달리 그런 미인을 동정하지 않았다. 어머니는 이번에도 어리석은 짓을 저지르고 있었다. 괜한 자존심은 사태를 악화시킬 뿐이었다. 미인의 등장으로 늙은 여자는 원하는 바를 얻었지만 그들은 치명적인 것을 잃었다. 미인은 불행해 보였다. 불행의 증거나 다름없었다. 동시에 그것은 그들이 약자라는 증거이기도 했다.

오석이 차를 내오자 미인은 조용히 차를 마셨다. 차를 삼키는 소리가 빗소리에 묻혔다. 대화는 자연스럽게 끊겼다. 늙은 여자는 침묵을 오래 견디지 못했다. 그녀는 오로지 상대의 불행을 증명하기 위해 이곳에 와 있었다.

그래도 이렇게 사모님 뵈니까 좋네요. 겨우 죽 조금 가져오면서 미리 연락을 드리기도 그렇고 해서 무작정 찾아와 봤어요. 실례가 되면 어쩌나 싶기는 했는데…….
그래도 사장님이 제 손 꼭 잡고 식구들 걱정된다 그러시는 걸 듣고 그냥 넘어갈 수는 없더라고요.

여자는 미소로 말을 마쳤다. 말이 끝나자 미인은 찻잔을 내려놓았다. 고개를 들고 여자의 눈을 들여다보았다.

참 감사드릴 일입니다. 저희 쪽에서도 수고에 마땅히 사례를 해 드려야 할 텐데. 아시다시피 제가 건강이 이렇다 보니 그런 일에 신세를 질 수밖에 없네요.

사례 얘기를 꺼내며 자신을 간병인 취급하려는 의도

를 느끼지 못할 여자가 아니었다. 그러나 미인은 여자가 대꾸할 틈을 주지 않았다.

그렇다 해도 앞으로 이렇게 집까지 찾아오실 필요는 없습니다. 이러시는 건 저희도 오히려 부담스러우니까요. 다음부터는 병원 일에만 신경 써 주세요. 필요한 게 있으면 여기 제 사위한테 연락 주시고요. 지금은 저희 가족이 다 정신이 없어서, 이 사람이 가장 믿음직스럽습니다.

오석이 미인의 말에 얼른 고개를 끄덕였다. 오석은 시종일관 조용했고, 여자는 소리에 익숙한 만큼 침묵에 서툴렀다. 그는 그녀가 대하기 부담스러운 종류의 남자였다. 적절한 등장과 퇴장만이 그녀를 지켜 줄 수단이었다. 여자는 한 번 더 웃음을 터뜨렸다.

네, 네, 알겠습니다. 제가 참 오지랖이네요. 그래도 죽은 꼭 드세요. 해물죽 드시죠? 잣죽은 워낙에 옛날부터 있는 집에서도 먹던 거고 하니까 어련히 잘 드실 테고. 아무튼 오늘은 이렇게 인사드리고 이만 일어나야겠네요. 몸도 안 좋으실 텐데 사모님은 얼른 가서 다시 쉬셔요.

여자의 말소리는 웃음과 뒤섞여 발음이 불분명했다. 오석이 그녀를 배웅하려는 듯 복도로 앞장섰다. 여자는 웃으며 등을 돌렸다. 이윽고 현관이 닫히는 소리가 이어졌다. 여자가 집을 나선 것을 확인한 뒤 신은 이를 악물었다.

엄마, 지금 뭐 하자는 거야.

미인은 고개를 들지 않았다.

제정신이야? 왜 하필 지금 1층에 내려와. 엄마가 그 꼴로 그 아줌마를 만나면 우리가 뭐가 돼. 그년이 엄마 말에 기죽기라도 할 것 같아? 처음부터 엄마 꼴 구경하려고 찾아온 거 아냐. 근데 왜 그년 수작에 엄마가 놀아나! 남편 다 죽어 가는 마당에 자기가 더 아픈 척하고 나타나는 건 또 뭐고!

말을 할수록 분이 치밀었다. 신은 머리칼을 쥐어뜯다가 끝내 눈시울을 붉혔다. 눈물은 분노와 연민의 경계를 허물어 나갔다. 연민의 덫에 걸리기 싫었던 신은 한 번 더 이를 악물었다. 언니의 모습에 양은 덩달아 흥분했다. 이제 그녀의 분노는 신을 향하고 있었다.

그렇다고 왜 엄마한테 그렇게 말해. 엄마가 무슨 잘못을 했다고.

양의 말에 신이 젖은 눈을 부릅떴다.

멍청한 건 죄가 아니야?

그건…….

그 순간 양은 말을 흐렸다. 할 말이 없어서가 아니었다. 미인이 돌연 자리에서 일어나 응접실을 걸어 나갔던 것이다. 달리듯 걸음을 재촉한 그녀는 비틀거리며 욕실로 들어갔다. 뒤따라온 양이 조명 없는 욕실의 어둠 속에서 미인의 등을 감쌌다.

　엄마, 왜 그래!

　저리 비켜.

　미인은 신음하며 양을 밀어냈다. 그러고는 변기로 뛰어가서 쓰러졌다. 그녀의 백발이 어둠 속에서 하얗게 흔들렸다. 미인은 몸을 뒤틀며 경련했다. 내장을 토해 내는 것 같은 기이한 소리가 뒤따랐다. 양은 욕실 문턱에 서서 미인을 바라보았다. 현실감 없는 장면이었다. 집에 돌아온 것이 너무 오랜만이라 그런지도 몰랐다.

　엄마가 저러는 거 보니까 재밌기라도 해?

　어느새 다가온 신이 양을 노려보았다. 그녀는 미인이 토하는 모습을 여러 번 보기라도 한 것인지 싸늘할 정도로 차분했다. 양과는 달랐다. 양의 다리는 후들거리고 있었다. 구역질하는 미인은 괴물 같았다. 그녀가 돌보기 어려울 정도로 불행해진 괴물이었다.

　재밌을 리 없잖아. 헛소리하지 마.

　그럼 니도 여기 서서 엄마 구경하고 있지 마.

　뭐?

　토악질 소리가 이어졌다. 양이 신을 노려보았다. 그러나 신은 할 말이 끝났다는 듯 자리를 떠 버렸다. 토하는 미인을 지켜볼 애정 따위는 없다는 듯한 태도였다. 양은 그런 언니에게 반발하기라도 하듯 미인에게로 다가갔다. 들썩이는 그녀의 등에 손을 얹었다.

엄마, 괜찮아? 엄마.

토사물 냄새가 비 오는 밤의 습기에 뒤섞였다. 미인에게서는 역한 냄새가 풍기고 있었다. 양은 그 냄새를 버티며 미인의 등을 어루만졌다. 그 순간 미인이 팔을 휘둘렀다. 흐린 어둠 속에서 세찬 손이 양을 밀어냈다.

가! 나가!

외침은 한 번 더 이어졌다.

나가라고!

미인은 딸을 필사적으로 밀어냈다. 손을 휘둘러 또한 번 딸을 때렸다. 말은 더 이상 필요 없었다. 그 행동만으로 충분했다. 미인은 양을 필요로 하지 않았다. 오히려 아무도 그곳에 없기를 바라는 것 같았다. 다가오는 사람을 그저 때리거나 밀치는 것이 아니라 마음속 깊은 곳부터 파괴해 버리고 싶어 하는 폭력에 대한 욕망이 어둠 가득 존재했다. 양은 문득 자신을 밀어내는 미인의 손이 공포스러웠다. 그 손길에서는 오직 고독만이 느껴졌다. 이제는 언제까지고 홀로이기를 바라는 고독이 또다시 상처를 원하고 있었다. 어차피 미인을 위로해 줄 상대는 세상에 없는지도 몰랐다. 양은 뒷걸음질 쳐서 미인으로부터 물러났다. 양이 욕실 밖으로 나가는 동시에 미인은 다시 고개를 변기로 가져갔다. 몸을 들썩이며 큰 소리로 구역질을 했다. 토사물이 쏟아지는 소리가 이어졌다.

양은 욕실 문을 닫았다. 식은땀 흐르는 등을 저도 모르게 문에 기댔다. 욕실 밖에는 어느 틈엔가 신이 다시 나타나 있었다. 응접실에서 흘러온 빛이 창백한 자매의 얼굴을 비췄다.

엄마는 저러다 죽을지도 몰라.

양은 언니를 보며 무심코 중얼거렸다. 그녀의 목소리는 의도와 무관하게 덜덜 떨렸다. 신은 동생을 물끄러미 바라보았다. 양의 목소리가 떨리듯 신의 눈동자도 불안하게 흔들렸다. 자매는 둘 다 미인의 자식이었다. 그들이 서로 얼마나 다른 선택을 하든지 그 사실에는 변함이 없었다. 그러나 신은 욕설을 뱉으며 떨림을 감췄다. 그리고 욕의 끝에 덧붙여 말했다.

어차피 엄마 아빠는 이제 다 노인이야. 늙었어. 죽는 게 당연하지.

언제?

그렇게 묻는 양의 목소리는 나이답지 않게 어린애 같았다. 신은 욕실 문을 노려보았다.

모르지.

욕실 문 너머에서 들려오는 것은 신음뿐이었다.

아빠는 지금도 병실에 있고, 우린 내일 거길 가 봐야 해. 그건 정해진 거야. 거기서 우린 아까 그년 꼴을 다시 봐야 하고, 그것도 정해진 거야.

언니의 말에 양은 대꾸할 말을 찾고 싶었다. 그러나

아무것도 떠오르지 않았다. 어째서인지 이제는 귓가의 토악질 소리마저 희미해졌다. 들려오는 것은 빗소리밖에 없었다. 기나긴 밤비가 저택을 두드리는 중이었다. 이제는 저택이라는 이름이 어울리지 않게 된 낡은 집은 비에 젖어 조금씩 부서져 가고 있었다.

언젠가 이곳에 붙여졌던 과거의 이름은 완전히 잊히고 말 것이다. 그때는 윤미인과 구용진 사이에서 벌어졌던 모든 일들 또한 잊히고 말 터였다. 그것은 서서히 다가오는 미래였다.

미인은 진심으로 용진이 병을 이겨 내고 살아나기를 바라고 있을까. 병에서 회복된다고 과거마저 회복되지는 않는다는 것을 모를 리 없었다. 그러나 양은 미인이 틀림없이 용진의 회복을 바랄 것이라고 믿었다. 미인의 고독에는 관성이 있었다. 홀로 어디까지고 깊어지길 원하는 기이한 고독이었다. 그 고독을 위해서는 용진이 필요했다. 그는 빛처럼 미인의 어둠을 극대화시켰다.

이제 와 미인에게서 분노나 슬픔을 없애 줄 수 있는 사람은 없었다. 양에게는 그 일에 필요한 용기나 책임감 중 어느 것도 없었다. 신도 마찬가지였다. 그래서 양은 그저 닫힌 욕실 문에 기대어 빗소리를 들었다. 비가 그치면 아침이 찾아올 것이다. 아침이 되면 그녀는 병원으로 출발해야 했다. 병원 방문은 선택이 아니었지만 기이하게도 선택처럼 느껴졌다. 그 사실이 양을 혼란스럽게 만들고 있었다. 어쩌면 저택의 어둠이 어느새 그녀에게 번진 것일지도 몰랐다.

양은 차라리 그대로 어둠 속에 머물고 싶은 충동을 느꼈다. 이대로 비가 그치지 않는다면 그것을 핑계 삼아 아침이 되어도 여기 머물 수 있지 않을까. 그녀는 그렇게 생각하며 무심코 창으로 고개를 돌렸다. 가로등이 긴 밤의 어둠을 밝히고 있었다. 빛 속에서 빗줄기가 쏟아졌다. 창문 너머 마당에서 젖은 흩동백이 힘없이 추락하는 것이 보였다.

신이 동생의 눈을 들여다보았고, 양은 눈물을 흘렸다. 노인의 구토 소리가 저택의 비명처럼 이어지고 있었다.

물결 벌레

기차의 흔들림이 느껴졌다. 남자가 다가와 안쪽 자리로 들어갈 공간을 내주길 부탁했을 때 나는 마침 책의 마지막 장을 읽던 중이었다. 오후가 아직 저물지 않았으나 차창 밖은 어두웠다. 겨울이 가까워지자 낮은 어김없이 짧아져 가고 있었다. 객실 안은 난방 기구와 사람들의 체온으로 부화기 인처럼 따스했다. 나는 달걀이 아니므로 부화기에 직접 들어가 본 적이 없다. 하지만 부화기 내부가 어미 닭의 품처럼 따뜻하다는 사실은 알고 있었다. 기차 안은 어느 짐승의 품속처럼 안온했으나 창밖에는 싸늘한 어둠이 스며들고 있었다. 남자는 무릎을 스치며 걸음을 옮겨 창가 쪽 좌석에 자리를 잡았다. 그에게서 담배 냄새와 비슷하지만 그보다 더 짙고 쓴 냄새가 풍겨 왔다. 잡초와 낙엽, 잘라 낸 나뭇가지를 한데 모아 불태울 때 풍기는 냄새 같기도 했다. 전화가 걸려 온 것은 남자가 자리에 앉고 난 직후였다.

그는 겉옷 주머니에 손을 넣어 휴대전화를 꺼냈다. 전화기를 귓가에 가져다 대고 주위 눈치를 보듯 나직한 목소리로 전화를 받았다. 나는 가슴에 기대 두었던 책을 다시 펼쳐 들었다. 그러나 남자의 목소리가 자꾸만 귀에 들어와 책에 집중할 수가 없었다. 기차는 쉬지 않고 덜컹거렸다.

"왜 자꾸 전화를 하는 거지? 그러다 일을 망치게 될 거라고 말했을 텐데."

내가 귀 기울이고 있다는 사실을 눈치챘는지 그가 힐끗 눈길을 던졌다. 그와 눈이 마주친 나는 애써 태연한 시늉을 하며 책장으로 눈길을 돌렸다. 남자는 몇 마디 말을 더 내뱉다가 신경질적으로 통화를 마쳤다.

"내 쪽에서 다시 연락할 테니 기다리고 있어."

통화가 끝나자 차체의 기계음이 한층 거세진 듯 느껴졌다. 나는 그제야 불현듯 남자의 얼굴이 마음에 걸리기 시작했다. 그의 인상은 기묘하고도 섬뜩했다. 근본적으로 균형이 어긋나 버린 사물을 마주하는 기분이었다. 게다가 그 끈적한 느낌은 기시감을 동반하고 있었다. 나는 기억을 더듬어 이전에 그와 마주친 적이 있는지 떠올려 보았다. 기억은 잿더미를 떠다니는 회색 연기처럼 탁

하고 어둡기만 할 뿐이었다. 우리가 이전에 접점이 있던 사이였는지 직접 물어보고 싶기도 했다. 그러나 쌍방이 잊고 있던 과거를 굳이 들춰 볼 필요 없다는 생각이 의문을 앞섰다. 나는 잠자코 책으로 주의를 돌렸다.

"저어, 혹시 예전에 뵌 적이 있지 않던가요?"

남자가 불쑥 고개를 내밀며 물었을 때 나는 순간적으로 손에서 책을 떨어트리고 말았다. 작고 얇은 책은 내 손목과 의자에 연결된 간이 선반에 차례로 부딪힌 뒤 바닥으로 굴러떨어졌다. 책은 남자와 나의 다리 사이에서 뒤집혀 책등을 드러내며 펼쳐졌다. 나는 책을 주우려고 좁은 틈으로 볼썽사나울 만큼 구부정하게 몸을 굽혔다. 그러나 책으로 손을 뻗으려 하는 순간 손보다 앞서 남자의 구둣발이 불쑥 책 표지를 밟았다. 나는 놀라고 당황해서 남자를 바라보았다. 그는 나의 눈길을 의식한 듯 미안한 얼굴로 발을 치웠다.

"아, 죄송합니다. 기차가 흔들려서요."

그의 진심 어린 듯한 사과의 태도에 나는 할 말을 잃었다.

"정말 죄송합니다."

몸을 바로 한 나는 남자가 밟았던 책 표지의 상태를 확인했다. 안타깝게도 책은 순식간에 엉망이 되었다. 떨어지면서 안쪽 페이지들이 구겨진 것은 물론 표지에는 거무스름하게 발자국까지 찍혀 있었다.

"더러워졌나요?"

"그런 것 같네요."

기분이 상한 나는 무심코, 처음에 남자를 보고 위축되었던 것조차 망각하고서 짜증스럽게 대꾸를 뱉었다. 처음 출판될 때부터 극소량만 제작되었던 것인지 이제 어느 서점에서도 쉽게 구할 수 없는 책이었다. 그나마 정보가 기재된 몇 군데 인터넷 서점에조차 절판이라는 사실만 게시되어 있을 뿐이었다. 그렇다고 절판된 책을 모으는 수집가들에게 큰 가치를 지닐 법한 책도 아니었기에 중고로 구하는 것 또한 무리였다. 아마도 어느 작가가 사비를 들여 가며 소형 출판사에 의뢰하여 인쇄해 낸 책일 것이다. 그럼에도 나는 이 책의 제목이며 엉성한 내용에 꽤나 매력을 느끼고 있었다.

"정말 죄송합니다. 속상하시겠어요."

사과처럼 들리면서도 묘하게 거슬리는 말투였다. 목소리 때문일지도 몰랐다. 부드럽고 조심스러운 동시에 듣는 것만으로도 돌연 마음이 불안해져 버리는 목소리다. 나는 고개를 돌려 남자가 어떤 표정으로 나와 책을 바라보고 있는지 확인했다. 단정한 얼굴에는 곤란한 듯한 미소가 지어져 있었다. 어째서일까, 그 표정 또한 목소리처럼 딱히 흠잡을 데가 없는데도 정체 모를 통증을 유발했다. 관자놀이에 둔통이 느껴졌다. 이번에야말로 남자에게 물어보고 싶었다. 이 기시감의 정체가 무엇인지, 우리가 만난 적이 있는 것은 아닌지.

　때맞춰 기차가 역에 들어서고 있다는 방송이 울려 퍼졌다. 알림은 두 번 반복되었다. 내려야 할 역이었다. 나는 희미한 두통을 떨쳐 내며 책을 가방에 집어넣었다. 가방에 넣는 순간 표지 귀퉁이에 아주 작게 쓰인 책의 제목이 새삼 눈에 밟혔다. 『물결 벌레』. 옆 좌석의 남자가 내릴 준비를 시작한 것은 바로 그때였다.

　『물결 벌레』는 제목 그대로 벌레가 등장하는 내용의 소설이었다. 한 남자가 어느 시골 마을을 둘러싼 산에서 인적이 없는 샘을 발견한다. 얼음 결정처럼 맑은 샘에는 누구도 발견한 적 없던 벌레가 살고 있다. 곤충을 연구하던 남자는 발견에 흥분하며 그 사실을 수도의 동료들에게 알리고, 동료들은 그에게 축하를 건네며 방문을 약속한다. 그런데 벌레를 발견한 다음 날 어딘가에서 그 소식을 전해 듣기라도 한 듯 마을 주민 여자가 홀연히 그를 찾아와 그 벌레에 얽힌 전설을 전해 준다. 전설에 따르면 벌레는 오래전 그 샘에서 익사한 시신으로부터 부화한 생물이다. 아주 가끔씩만 사람의 눈앞에 모습을 드러낸다. 그것을 본 사람의 생애는 결코 이전과 같을 수 없다. 그 벌레는 누군가의 죽음 없이는 알을 낳을 수 없으며 오직 알을 낳기 위해서만 사람의 눈앞에 모습을 드러내기 때문이다.

남자는 오싹한 이야기에 아연하면서도 그 이야기를 마을의 미신으로 치부한다. 벌레는 아주 작지만 선명한 청금색으로 빛나기 때문에 몹시 눈에 띈다. 벌레가 뒤꽁무니에 반딧불 같은 불을 밝힐 때면 어둠 속에서도 그 작은 도깨비불 같은 청금색 몸뚱이가 번뜩거린다. 소설은 산에 둘러싸인 시골 마을의 점도 높은 어둠, 길고 느리고 우울한 밤, 여자와 남자의 괴이한 마주침 들을 그리는 데 많은 분량을 할애한다. 사람의 몸에는 물이 흐르는 좁은 길들이 있다. 그 길을 따라 흐르는 붉은 물결을 타고 벌레는 알을 낳는다. 소설 후반부에 이르러 남자는 우연한 사고 끝에 서울에 도착하기 전 소중한 벌레를 잃어버리고 만다. 벌레는 갑작스럽게 열려 버린 채 집통에서 기어 나가 홀연히 날아가 버리고, 망연자실한 남자는 다시 벌레를 찾기 위해 마을로 돌아간다.

나는 마지막 장에서 벌레가 다시 나타나리라고 예상하고 있었다. 이번에 그것은 다른 어느 장소도 아닌 남자의 몸속에서 기어 나올 것이다. 혈관을 물길로 묘사하는 소설의 집요한 서술은 이미 그 물결을 타고 부화한 벌레가 태어난 장소로 회귀하고자 할 것이라는 사실을 암시해 보이고 있었다. 그 회귀에 성공했을 때 벌레는 더 이상 한 마리가 아닐 것이다. 남자의 피부 아래서 부화한 알들이 수십, 수백 마리의 벌레로 깨어나 살을 뚫고 나올지도 모른다. 소설의 배경은 언제나 밤인 것처럼 느껴질 정도로 고집스럽게 검었다. 식물과 돌, 흙에 그 형태를 의탁한 시골의 어둠은 태양마저 척척하게 젖은 칠흑에 집어삼켰다. 찾아오기로 약속했던 남자의 동료들은 어떻게 된 것일까? 소설에는 이상하리만큼 등장인물이 적었다. 남자와 여자, 그리고 벌레뿐이었다.

기차에서 내렸을 때 주위는 보랏빛에 가깝도록 푸르스름했다. 나는 대합실을 지나쳐 밖으로 나왔다. 역사는 늪지대처럼 보이는 풀숲 한가운데에 세워져 있었다. 습도 높은 밤기운이 내리깔린 수풀 사이로는 작은 개울이 흘렀다. 주말이었으나 역은 한산했다. 약속 시간이 되었지만 역사 안과 바깥 어디에도 나를 기다리는 사람은 보이지 않았다. 어찌 된 영문인지 역 앞은 텅 비어 있었다. 건물 앞 보도와 그리 넓지 않은 주차장, 그것을 감싸듯 펼쳐진 수풀 어디에도 사람의 그림자는 보이지 않았다. 내 곁으로 다가오는 것은 조금 전 기차에서 같이 내린 그 남자뿐이었다.

남자는 역사의 창백한 불빛 아래서 천천히 걸음을 옮기며 나를 향해 미소를 건네 왔다.

"혹시 여기 분이신가요?"

나는 방어적으로 얼굴을 굳히며 대답했다.

"아닌데요. 왜 그러시죠?"

"아까도 말씀드렸지만 전에 뵌 적이 있는 분 같아서요. 제 고향이 여기거든요. 지금은 가족 모두 멀리 떠나

버렸지만요. 아무튼 괜한 걸 자꾸 여쭤봐서 죄송합니다."

서서히 저녁이 다가오고 있었다. 쌀쌀하고 눅눅한 공기, 거기 섞여 있는 빗기운이 느껴졌다. 열차 안에서는 미처 몰랐으나 공기 중에는 곧 쏟아질 비 냄새가 가득했다. 그와 더불어 희미한 분뇨 냄새가 풍기고 있었다. 근처 축산 단지에서 묵직한 바람에 기대어 번져 온 냄새 같았다. 친구의 집은 축산 단지 너머에 있는 작은 마을에 자리 잡고 있다고 했다. 친구 말대로라면 그곳은 논밭 깊숙이 존재하여 버스조차 제대로 닿지 않는 마을이었다. 얼마 전 돌이 지난 친구의 어린 아기에게 그 마을의 냄새는 평생 고향의 냄새로 기억될 것이다. 빗물과 흙, 분뇨, 작물과 들짐승의 냄새.

"혹시 ㅇ 마을이 어느 쪽인지 아세요?"

나는 충동적으로 남자에게 마을에 대해 묻고 말았다. 그는 분명 그 마을을 알고 있을 것 같았다. 어째서인지 그런 확신이 들었다.

"아아."

남자는 놀란 듯한 표정을 지었다.

"ㅇ 마을로 가시는군요. 우연이네요. 저도 마침 그 동네로 가거든요."

그는 망설이다가 미소를 띠고 말했다.

"일행분이 오시기로 한 게 아니라면 저랑 같이 가실

래요? 여기서 버스 정류장까지 꽤 멀어서요. 택시를 탈 생각인데."

"택시가 바로 오나요?"

"네. 저기, 오고 있는 것 같아요."

남자가 손을 들어 도로 쪽을 가리켰다. 그제야 땅거미가 내리깔리는 휑한 2차선 도로를 달려 이쪽으로 다가오는 택시 한 대가 눈에 들어왔다. 나는 남자에게 양해를 구하고 친구에게 전화를 걸어 보았다. 이상하게도 친구는 전화를 받지 않았다. 아는 것은 그의 휴대전화 번호뿐이었다. 집 전화는 설치되어 있지 않을 것이다. 더는 연락해 볼 곳이 마땅치 않았다. 기차에서 내린 순간부터 이 생소한 장소에서 돌연 한 발짝도 내디딜 수 없게 된 느낌이었다.

"어떻게 하실래요?"

남자가 조심스럽게 말을 건네 왔다. 금방이라도 비가 쏟아질 것 같았고, 나는 우산이 없었다. 역으로 돌아가 하염없이 친구를 기다리다 보면 이곳에 오기로 한 결정을 후회하게 될 것 같았다. 여기에 오기까지 나는 이미 많이 망설이고 고민했다. 어떤 얼굴로 친구를 보아야 할지 몰라 번잡한 기억들을 헤집어야만 했다. 그는 대체 어떻게 된 것일까.

"잘 생각하셨어요."

내가 조수석에 올라타자 밖에 서 있던 남자가 차 문

을 닫았다. 뒷자리에 탑승한 그가 기사에게 마을 이름을 말했다. 기사는 나를 힐끗 곁눈질하더니 차를 출발시켰다. 차가 달리기 시작한 지 얼마 안 되어 비가 쏟아지기 시작했다. 마을에 도착해 봤자 친구의 집이 어디인지 알지 못한다면 또다시 갈 곳을 잃게 될 것이다. 나는 차가 빗속을 달려 과수원과 밭, 얕은 산의 묘지들을 지나친 뒤에야 비로소 그 사실을 깨달았다. 차라리 역에 남아 있어야 했다. 거기서 친구를 기다릴 수도 있었을 것이다. 막연한 기다림을 견디고라도 이곳에 오기로 한 선택에 책임을 져야만 했다. 아니면 나는 또다시 여기서…… 머릿속이 아득해졌다. 야트막한 산을 끼고 커브를 돌자 검은 빗속에서 불이 타오르고 있었다. 무엇을 소각하는 불인지, 주홍색 불꽃은 겨울비에 젖어 들면서도 소름 끼치도록 선명했다. 연기와 불 냄새가 순식간에 차 안으로 파고들었다. 순간 나는 무심코 백미러에 비친 남자의 얼굴을 확인했다. 그는 강물 속 유령풀처럼 창백했다.

"마을에서는 어디로 가세요?"

"마을까지 가는데요."

"네, 그다음에는 어느 집으로 가세요?"

내가 답하기를 머뭇거리는 사이 남자는 대답을 기다리지 않았던 것처럼 먼저 말을 꺼냈다.

"저는 친구를 만나러 가거든요. 지호라는 친구인데."

나는 고개를 돌려 남자의 옆모습을 바라보았다. 지호는 내가 만나야 할 친구이기도 했다. 우리는 지금까지 같은 사람을 만나기 위해 마을로 가고 있었던 것이다.

"저도 거기로……."

대답을 하는 순간 잘못된 답을 하고 만 듯 마음이 무거워졌다. 무언가가 석연치 않았다. 모든 상황이 기묘할 정도로 날카롭게 들어맞았다. 같은 기차에서 내린 두 사람이 실은 서로 같은 목적지를 향하고 있다는 사실을 깨닫는다. 때마침 비가 쏟아지고 땅거미가 내리깔리며 친구와는 연락이 두절된다. 이 모든 것이 순전히 우연일 수 있을까. 당연히 우연일 것이라고 생각하면서도 음습한 날씨와 막막한 풍경 때문인지 마음이 어수선했다.

우리가 도착한 곳은 대문과 현관이 일직선의 짧은 길로 이어진 깔끔한 외관의 이층집이었다. 주택 정중앙에 자리 잡은 현관을 중심으로 뜰 좌우에는 커다란 단풍나무가 한 그루씩 심겨 있었다. 단풍 말고는 아무것도 없는 넓은 뜰이었다. 비를 맞은 나무 아래로 붉은 잎사귀들이 점점이 흩어져 있었고, 나무 사이로 난 길의 끝으로는 현관문이 보였다. 친구가 아내의 고향 집을 물려받았다는 것은 알았지만 집은 생각보다 더 크고 고풍스러웠다. 이윽고 어둠 속에서 환히 불 켜진 현관 안쪽으로 친구의 아내가 모습을 드러냈다. 여자의 품에는 아이가 안겨 있었다. 우리는 젖은 뜰을 가로질러 그들에게로 다가갔다. 오랜만에 보는 사이인데도 여자는 나를 반갑게 맞았다.

"무사히 오셔서 다행이에요. 하필 지호 씨가 휴대전화를 두고 나갔지 뭐예요. 저 혼자 어떻게 해야 하나 고민했어요. 오실 때가 된 것 같은데 지호 씨도 없고, 이 근처에 딱히 부탁할 만한 사람도 없어서……"

여자는 내게 사과하면서도 어쩐지 어색한 눈길로 남자를 살폈다. 여자를 따라 집 안으로 들어서며 친구에 관해 물었다.

"지호는 어떻게 된 건가요? 사고라도 났나 싶어서 걱정했어요. 저를 역으로 데리러 오겠다고 했는데 오지도 않고 연락도 되질 않아서요."

"그게……"

여자는 보는 사람이 당황스러워질 만큼 핏기 없이 시체 같아진 얼굴로 표정을 일그러뜨렸다. 어떻게 말을 꺼내야 할지 모르겠다는 듯 머뭇거리다가 입을 열었다.

"저도 뭐라고 설명해야 할지 모르겠어요. 사실은 저도 잘 모르거든요. 지호 씨는…… 아실지도 모르겠지만 계속 연구를 하고 있었어요. 연구라고 해야 할까, 제 생각에는 취미처럼 느껴지지만요."

"갑자기 그게 무슨."

그때 비로소 지호의 오랜 수석 취미가 떠올랐다. 친구 지호는 예전부터 돌을 수집하는 취미가 있었다. 스스로는 연구라고 주장했지만 그쪽 분야를 전공한 것도 아니었고 연구로 분류될 만한 성과를 낸 것도 아니었기에 친구들은 그것을 그의 독특한 취미 정도로 여겨 오고 있었다. 지호는 예전부터 그런 취미를 비롯한 취향 전반을 앞세워 자신의 시골 생활에 일종의 당위를 부여하는 듯한 기미를 보여 왔었다. 그러나 그 말을 믿는 친구는 많지 않았다. 지호가 모두를 피하며 이곳으로 숨어들듯 틀어박혀 버린 것은 삶에 대한 스스로의 기대를 감당하지 못했기 때문이다. 그는 시골에서 출발해 수도에서 잠시 머물다가 다시금 시골로 돌아갔다.

지호가 나를 이곳에 초대한 것은 오랜만에 우리 생일을 축하하기 위해서였다. 지호와 나는 태어난 날이 같았다. 예전에 우리는 변화를 두려워하여 변하지 않는 것을 사랑하고는 했다. 같은 날 태어나 닮은 것을 사랑하던 우리는 지금 서로 전혀 다르게 살고 있었다. 그는 어디에 있을까. 어디로 숨어 버린 것일까.

"지호 씨가 한번 흥분하면 앞뒤 가리지 않는 편이라는 건 알지만, 그래도 이번 일은 정말 죄송해요. 하필 오시라고 한 날 이런 일이 생길 줄은 몰랐어요. 게다가 전화기를 두고 갔으니 연락할 도리도 없고……."

"지호의 취미 때문에 갑자기 무슨 일이라도 생겼나요?"

"그게, 저도 정말 잘 몰라요. 그냥 무슨 급한 일이 있어서 갑자기 가 봐야 했다는 것만 알아요. 어쩌면 오늘 밤…… 아니 내일이나 모레까지 돌아오지 않을지도 모른다는 것까지가 제가 아는 전부예요."

나는 여자의 말에 당황해서 할 말을 잃고 말았다. 여자는 내가 무언가 더 묻기 전 곧바로 남자에게 눈길을 돌렸다. 그녀의 얼굴에는 경계심이 번져 있었다.

"그런데 죄송하지만 이쪽 분은 누구신지…… 손님은 한 분이라고 들었는데요."

여자는 남자를 처음 보는 눈치였다. 당연히 남자도 초대받은 손님일 것이라 생각하고 있었기에 아연한 상황이 아닐 수 없었다. 여자는 심지어 내게 이 남자가 누구인지 묻는 듯한 기색이었다. 그가 누구인지 내가 알 리 없었다. 그러나 나는 그와 이곳까지 동행한 것에 책임을 느껴 변명하듯 입을 뗄 수밖에 없었다.

"지호 친구분이라고 하시던데요? 저처럼 초대받은 분 같은데."

"네, 맞아요. 뭔가 착오가 있었던 것 같네요."

남자는 침착하게 미소 지으며 여자 품에 안긴 아기를 바라보았다. 아기는 놀랄 만큼 조용하고 유순했다. 이렇게 낯선 사람들을 앞에 두고도 울기는커녕 투정조차 부리지 않다니 아기가 아니라 체온을 지닌 인형처럼 느껴질 정도였다. 남자는 아기를 향해 상냥히 웃어 보였다.

"진작 찾아뵐 수도 있었을 텐데 하필 오려고 할 때마

다 바쁜 일이 생겨서요. 이렇게라도 올 수 있어서 다행입니다."

지금껏 이 집에 초대받은 친구는 아무도 없었다. 멀고 외진 곳인 탓도 있었지만 그 때문만은 아니었다. 지호는 누구와도 만나고 싶어 하지 않았다. 생일이라는 느닷없는 핑계로 나를 이곳에 초대한 것은 그의 단순한 변덕이었던 것일까? 아니면 그저 나의……

남자의 태연한 태도에 여자는 더 이상 따져 묻지 않고 우리를 거실로 이끌어 차를 대접했다. 이층집의 1층 중앙에는 거실이, 거실 좌우에는 안방과 서재, 욕실이 자리했다. 2층으로 올라가면 빈방 두 개와 욕실이 나오는 구조였다. 여자는 우리에게 각자 빈방을 하나씩 쓰기를 권했다. 손님이 하나뿐일 거라 생각해 한쪽 방의 난방 기구만 작동시켜 둔 상태였기에 나머지 방은 몹시 싸늘했다. 2층 전체가 평소에는 별로 사용하지 않는 듯 무척이나 차갑게 식어 있었다.

우리는 냉랭한 2층으로 곧장 올라가는 대신 여자가 권하는 대로 지호의 서재를 구경하기로 했다. 넓지도 좁지도 않은 방에는 온통 책과 수석이 가득했다. 사방의 벽 중 절반에는 책이 꽂혔고 나머지 절반에는 기묘한 모양의 돌들이 진열되어 있었다. 검은 몸뚱이 중심에 옅게 흰 초승달 같은 무늬가 새겨진 돌이나 웃는 듯한 얼굴이 드러난 얼룩무늬 돌, 알 모양의 작고 둥그런 돌들이 차례로 눈에 들어왔다. 검고 희고 붉은 돌들은 모두 윤기가 감돌 만큼 잘 관리되어 있었다.

여자는 잠시 우리와 함께 그 방 물건들과 엉뚱하고도 무책임한 자신의 남편에 대한 이야기를 나누었다. 그러다 곧 아기를 돌보기 위해 서재를 떠났다. 아기는 자리를 비우기 위한 핑계일지도 몰랐다. 그녀는 평온을 잃은 유령처럼 초조하고 불안해 보였다. 나나 남자를 대하는 것이 몹시 불편한 듯도 했다. 그럴 만했다. 우리는 너무 오랜만에 만나는 사이였고 이전에도 그다지 가깝지 않았었다. 나는 말주변이 좋은 편이 아니었다. 낯선 사람과 친해지는 일에는 누구 못지않게 서툴렀다.

둘만 남게 된 뒤 남자는 보다 편해진 태도로 서재를 둘러보기 시작했다. 그러더니 문득 의미심장하게 말을 건네 왔다.

"생각해 보니 여기까지 갖고 오실 책을 정말 잘 선택하신 것 같군요. 기차에서 읽으시던 책 말이에요. 『물결 벌레』의 남자도 갑자기 고향에서 사라져 버리잖아요?"

"네?"

"그 책에 자기 몸속에 벌레가 들어 있다고 믿는 사람이 나오지 않나요? 예전에 읽었거든요. 애인도 알아보지 못하고 계속 벌레 때문에 착란을 겪는 주인공이 나오죠. 답답한 이야기잖습니까. 그러다 결국에는 자살을 한 건지, 주인공이 사라져 버리고요. 지호도 우리 앞에서 갑자기 사라져 버렸네요. 설마 죽지는 않았겠지만."

지호가 죽다니 터무니없는 말을 입에 담는 남자가 돌연 꺼림칙해졌다. 기차에서 그를 처음 보았을 때의 불쾌한 인상이 되살아나는 듯했다. 서재 창문을 등지고 선 그는 구식 형광등 불빛 때문인지 익사체처럼 푸르스름했다. 유리창에서는 얼음처럼 차가워 보이는 빗줄기가 부서져 내리고 있었다. 빗소리에 희미한 신음 소리가 뒤섞인 것 같은 불길한 느낌이 들었다.

"그 책은 그런 내용이 아니에요. 남자가 벌레를 찾기는 하지만 거긴 그 사람 고향도 아니고, 그 사람이 겪는 건 착란이 아니고, 또……."

"아니에요. 그 주인공은 계속해서 같은 곳을 맴돌며 마을에 갇혀 있잖아요."

"하지만 그 사람에게는 벌레가…… 그리고 만나기로 한 사람들이……."

나는 더듬거리며 책의 내용을 설명했다. 그러나 말을 하면 할수록 내 해석이 불충분하다는 생각이 들기 시작했다. 남자는 내 표정이 굳어 가는 모습을 말없이 지켜보다가 빙그레 미소를 지었다.

"우연이겠지만 비슷한 것도 같아서요. 소설의 주인공에게도 만나러 오는 친구들이 있었지만 아무도 그를 만나지 못하잖아요. 그 사람은 항상 엉뚱한 우연에 휩싸여 있고, 그가 믿는 것들은 거의 다 허구죠."

"지호는 딱히 무슨 대단한 이유가 있어서 우리를 초대한 건 아니에요."

그저 함께 생일을 축하하자는 이유가 전부였을 뿐이다. 나는 그렇게 믿고 있었다.

"정말 그렇게 생각하세요?"

남자는 묘한 표정을 지었다. 문득 지호가 어떤 방식으로 내게 이곳에 오라는 이야기를 꺼냈는지 기억이 나질 않았다. 오랜만에 받은 연락이었으나 그럼에도 나는 반드시 지호를 만나러 가야겠다고 결심했었다. 마침 시간적으로 여유가 있기도 했고, 지호가 그립기도 했다. 지호는 내게 하고 싶은 이야기가 있다고 했다. 그게 무엇인지는 알 수 없었다. 나 말고도 부른 친구가 있다는 사실 역시 알지 못했었다. 이 남자는 정말로 지호의 친구일까? 오래된 괴담에 홀린 듯 상상을 부풀려 가는 스스로가 우스꽝스러웠다. 오래 앓던 신경증이 도지는 기분이었다.

"어쩌면 제가 책을 끝까지 읽지 못해서 내용을 잘못 이해하고 있던 걸지도 모르겠네요. 아직은 다 읽지 못했으니까요."

나는 결국 남자에게 『물결 벌레』의 내용을 더 따져 묻지 못하고 피곤하다는 어설픈 핑계를 대며 서재를 떠났다. 방에 돌아와 처음으로 한 일은 가방에서 『물결 벌레』를 찾는 것이었다. 그러나 어떻게 된 일인지 가방 속에는 책이 없었다. 책은 온데간데없이 사라져 있었다. 분실을 확인한 나는 순식간에 다리 힘이 풀려 침대에 주저앉고 말았다.

어쩌면 남자가 책을 훔쳐 갔을지도 모른다. 문득 그런 말도 안 되는 상상이 마음속에서 서서히 불거져 갔다. 그가 기차에서 나의 책을 본 뒤 줄곧 드러내 온 기묘한 태도가 마음에 걸렸다. 그 책이 그토록 주의를 끌 만한 것이었다고는 상상하기 어려웠다. 그 책은 그저 오래전 지호에게 받은 가벼운 선물이었다. 제목이 마음에 들기는 했지만 내용은 형편없이 허술했다. 지호를 만나러 오는 길이 아니었다면 굳이 그 책을 가져오지는 않았을 것이다. 서점에서 구하기도 어려워진 책을 남자는 언제 어디서 손에 넣었던 것일까? 남자를 초대한 것은 정말로 지호였을까? 갑자기 모든 것이 의심스러워지기 시작했다. 책은 아마도 택시에, 혹은 기차에 두고 왔을 것이다. 남자가 굳이 그 책을 훔쳤다고 단정할 이유가 없었다.

그러나 무언가가 이상했다. 제대로 설명할 수는 없지만 여기 모인 사람들 사이에는 틀림없이 석연치 않은 것이 존재하고 있었다. 얕은 잠을 자고 일어나 내다본 창밖으로는 비 갠 회색 하늘 아래, 멀리 늪지가 보였다. 늪지 주위의 누런 갈대와 검푸른 흙이 어제의 비에 잔뜩 젖어 있었다. 이 근처에는 논밭보다 황무지나 늪이 더

많은 듯했다. 이곳은 늪과 수렁, 홀연한 단풍의 마을인
것이다.

아침 식사를 마치고 나서 지호의 아내는 딱히 계획한
일정이 없다면 점심을 먹고 난 뒤 가까이에 있는 유적지
를 구경하지 않겠냐고 제안했다. 그들은 종종 그곳에 가
서 구경을 한다는 말도 덧붙였다. 이런 상황에 어울리지
않는 관광 같았지만 마땅히 거절할 이유도 없었다. 여자
는 운전을 할 줄 몰랐지만 마침 이웃 사람이 거기까지
태워다 주겠다고 한 모양이었다. 굳이 남의 차를 빌려서
까지 외출을 해야 할 이유를 알 수 없었지만 여자에게는
제법 익숙한 일상인 듯했다.

남자는 여자의 제안을 나보다 반겼다. 우리는 집 주
변을 거닐며 뜰의 나무와 잡목림, 빈집, 시들어 가는 가
을 들꽃을 구경하다가 점심을 먹고 느지막이 집을 나섰
다. 운전대를 잡은 것은 이웃집 노인이었다. 거뭇한 얼
굴의 노인은 가는 내내 한마디 말도 꺼내지 않고서 마
치 꿈을 꾸는 듯한 눈빛으로 입을 다물고 있었다. 한산
한 시골길은 구불구불 이어지며 가을 초목 사이를 가로
질렀다. 이어진 포장도로를 달리다 보니 탁 트인 평지 뒤
로 붉고 누런 단풍에 물든 산이 보였다. 산 아래로는 흰
탑이 서 있었다.

"여기에는 원래 목탑 하나와 석탑 둘이 있었어요. 저

탑은 완전히 불타 버린 동탑을 새로 지은 것이에요. 하지만 저 탑을 좋아하는 사람은 아무도 없어요. 저건 가짜니까요."

여자는 갑자기 탑을 증오에 가깝도록 날카로워진 눈으로 노려보며 말했다. 훼손되어 제대로 복원되지 못한 탑에 대해서라면 들어 본 적이 있는 것도 같았다. 이곳은 본래 거대한 절터였다. 그러나 남겨진 것은 텅 비어 버린 평지와 당간지주, 두 개의 훼손된 석탑뿐이었다. 그나마 일부가 남아 있던 탑은 복원이 진행 중이었지만 완전히 형태를 잃은 동탑은 새로 지어 과거의 휘광을 잃은 상태였다.

서탑을 복원하기 위해 평지 가운데로는 탑을 감싼 커다란 컨테이너 형태의 공간이 마련되어 있었다. 그 앞쪽으로는 두 개의 연못이 존재했다. 잔디밭에 둘러싸인 연못 주위로는 노란 잎사귀를 매단 아름드리나무들이 서 있었다. 여자는 집에서보다도 더욱 초조해 보였고 심지어는 조금 화가 나 있는 것 같기도 했다. 우리는 연못을 지나 박물관으로 향했다. 아기가 보채는 소리에 여자는 박물관 입구에서 발걸음을 멈추었다.

"왜 그래? 왜 그러는 거야?"

낮은 소리로 아기를 달래던 여자가 한숨을 내쉬었다.

"먼저 가세요. 화장실에 들렀다 올게요."

그녀가 아기를 데리고 사라진 뒤 우리는 머뭇거리다

가 열람실로 들어섰다. 열람실의 규모는 생각보다 컸다. 여자가 한참이나 돌아오지 않았기에 입구에서 머물던 우리는 조금씩 열람실 안쪽으로 걸어 들어갔다. 푸른 유리 조각과 구슬, 비틀린 얼굴의 토우, 굳어 버린 흙 조각으로 보이는 정체 모를 유물들이 빛 아래 고요히 전시되어 있었다. 곁에서 걷던 남자는 기와 유물들 앞에서 걸음을 멈췄다. 귀면와(鬼面瓦) 한 점이 놓인 곳이었다. 귀신의 얼굴을 투조한 돌덩어리는 지호의 서재에 놓여 있던 수석들과 얼핏 비슷해 보였다. 그러나 오랜 세월 때문인지 전시대의 유물은 조금 더 섬뜩하고 기이했다. 둥그스름한 사각형 돌덩어리 안에는 커다랗고 불거진 눈과 작고 동그란 구멍 같은 코, 여섯 줄기로 파여 이빨을 드러낸 길쭉한 입이 조각되어 있었다. 전형적인 귀신의 얼굴이었다. 남자와 내가 귀면와 앞에 무심코 발걸음을 멈춘 탓인지 지금까지 말이 없던 이웃집 노인이 우리 곁으로 다가왔다. 그는 멍하고도 신중해 보이는 눈으로 입을 열었다.

"왜 사람들은 지붕에 귀신을 짊어지려 했을까요?"

그 말을 중얼거린 노인은 등을 돌리고 다른 방향으로 다시 사라져 버렸다. 어느새 아기를 안은 여자가 돌아와 우리에게 다가왔다. 이제 보니 아기는 돌이 지난 것치고 몹시 체구가 작았다. 여자는 무게가 느껴지지 않는 듯 아기를 가볍게 안아 들고서 우리 곁의 귀면와를 힐끗

바라보았다. 그러고는 그것을 지나쳐 더욱 안쪽의 불타
버린 목탑 모형과 청동으로 만든 보살의 손 쪽으로 걸어
갔다.

전시실을 나왔을 때 사방에는 마치 어제와 같은 어
둡고 빗기운 가득한 어둠이 스며들고 있었다. 땅거미 진
평지 주위로 산 아래 단풍들이 보였다. 검은 어둠을 등
진 새빨간 단풍은 밤길에 보았던 홀연한 불꽃을 연상시
켰다. 이웃 노인이 화장실에 간 사이 나는 어쩐지 검은
수면을 보고 싶어져 연못 쪽으로 향했다. 가까이서 본
해 질 녘 연못 물은 무섭도록 어두웠다. 칠흑의 거울 같
은 수면 가장자리로 붉고 노란 낙엽들이 떠다니고 있었
다. 연못을 둘러싼 아름드리나무에서 떨어진 낙엽이었
다. 부연 갈대와 붉은 단풍, 검은 물은 마치 이 세상의
것이 아닌 듯 보였다.

"극락세계에는, 칠보로 장엄하게 꾸며진, 연못이 있
어, 그 안에는, 청정한 물이 가득하다. 불경에서는 그렇
게 말한다고 여기 쓰여 있네요. 사찰에서 연못은 극락
세계의 상징이래요."

문득 어디선가 느릿느릿한 남자의 목소리가 들려왔
다. 나는 소스라치게 놀라며 고개를 돌렸다. 그리고 그
순간이었다. 작고 예리한 돌멩이 같은 것이 날아와 목덜
미에 부딪힌 듯한 느낌이 들었다. 따갑고 아팠다. 나는

예상치 못한 통증에 눈앞이 아찔해져서 손으로 목덜미를 문질렀다. 표지판 곁에 서 있던 남자가 어느새 내 앞에 다가와 있었다.

"왜 저 여자는 하필 이런 날 우리를 이곳으로 데려온 걸까요?"

"혹시 저한테 돌 같은 거 던지셨어요?"

나는 계속되는 목덜미의 통증에 인상을 찡그리고 물었다. 문득 눈앞에 지호가 모은 색색깔의 돌들이 스쳐 지나갔다. 작고 동그란 알 모양의 돌멩이들. 길고 긴 시간이 흘러도 그 속에서는 무엇 하나 부화하지 않을 것이다. 나의 물음에 남자는 의아한 표정을 지었다.

"돌을 던지다니요?"

나는 그 의아한 표정과 동시에 번져 있는 희미한 미소를 발견할 수 있었다. 무엇이 진심인지 가늠할 수가 없었다. 이 사람은 정말로 내 친구의 친구인 것일까? 조금 전 날아온 돌은 정말로 그에게서 비롯된 것일까? 그가 아니면 돌을 던질 사람이 없다는 생각에 나는 격양되어 아무렇게나 떠오르는 말을 중얼거렸다.

"자꾸 거짓말을 하시네요."

"거짓말이 아닌데요."

"제가 재미있는 얘기 하나 해 드릴까요? 당신에 관한 건데요."

손으로 문지를수록 돌연한 통증은 더욱더 심해져만

갔다. 작은 돌조각이 목 근육 깊숙이 파고들어 버린 것 같았다. 나는 황당한 아픔에 남자를 노려보았다.

"어쩌면 당신이 지호를 사라지게 만든 걸지도 모르죠. 극락세계로 보내 버린 거예요. 당신은 지호를 없애고 기차에 탔어요. 내 옆자리에 타서 이번에는 나도 없애려 하고 있죠. 그게 『물결 벌레』의 결말이잖아요. 당신은 소설 속에서 결국 모두를 파멸시켰던 벌레 역할인 거예요."

"내가 지호를 죽였다고요?"

"당신은 기차에서 누군가와 아주 이상한 통화를 했었죠. 그때 내가 들었다는 걸 알잖아요. 그때 이미 당신은 지호를 죽였던 겁니다."

남자는 나의 횡설수설이 어처구니없었는지 웃음을 터뜨렸다. 웃는 얼굴로 성큼성큼 다가와 내 목에 손을 올렸다. 그의 뒤로 아름드리나무의 금색 잎사귀들과 새빨간 단풍이 알록달록하게 이지러졌다.

"그럼 내가 당신도……."

남자는 나의 목을 가볍게 문지르고 손을 거두었다. 그의 손가락에 핏방울이 묻어 있었다. 나의 피였다. 작은 짐승이 목을 물어뜯은 것 같은 통증에 자꾸만 눈앞이 어지러웠다. 남자는 피를 닦아 주려는 듯 다시 손을 내밀었다. 그러나 이번에는 그 동작이 조금 달랐다. 그는 두 손으로 내 목을 움켜쥐었다. 뿌리치고 싶었지만 움직일 수 없었다. 목덜미에서 느껴지는 기묘한 감각이 공포스러웠다. 살갗 위로 손가락이 아닌 다른 무언가가 움직이고 있는 것 같았다. 정체를 가늠할 수 없는 생소한 감각이었다. 나는 겁에 질려 눈앞의 남자를 바라보았다. 그의 눈 아래 불그스름한 점이 번들거리는 것이 보였다. 그 점은 얼핏 살갗에서 머리를 내민 조그맣고 빨간 꽃봉오리 같기도 했다.

통증에 신음하는 가운데 멀리서 이쪽을 바라보고 있는 이웃 노인과 여자, 아기가 눈에 들어왔다. 멀리 있어 그들의 얼굴은 잘 보이지 않았다. 오직 귓가에서 가볍게 움직이는 남자의 손짓과 웃는 듯한 표정만이 뚜렷했다. 그의 숨결이 몹시도 가까웠다. 그는 내 귓가에서 무언가를 낚아챈 뒤 주먹 쥔 손을 앞으로 내밀었다. 웃으며 말했다.

"이건 당신에게 미리 주는 생일 선물이에요."

남자가 주먹 쥐었던 손을 서서히 펼쳤다. 손에 담긴 것이 무엇인지 어쩐지 확인하고 싶지 않았다. 남자는 기어이 눈앞으로 손을 들어 올렸다. 거기 놓인 것은 알처럼 일그러져 웅크리고 있는 작은 금빛 풍뎅이였다. 언젠가 본 적이 있는 듯한 벌레는 죽어서인지 무척 징그러웠다. 나는 비명조차 지를 수 없었다. 남자는 웃음을 터뜨리며 벌레를 연못 쪽으로 내던졌다. 그것이 정말 나를 문 벌레였던 것일까. 어째서인지 보고도 믿기지 않았다.

무언가가 끝내 석연치 않았지만 검은 물속으로 사라진 벌레는 이미 흔적도 보이지 않았다. 미미한 물결만이 연못 중심으로 둥글게 번져 나가고 있었다.

"그럼 이제 돌아가죠."

남자는 나를 두고서 먼저 등을 돌렸다. 일행에게로 걸어가는 그의 뒷모습을 보며 나는 지호가 어디에 있을지를 다시금 의문했다. 돌아간다는 말이 이상하게 들렸다. 친구가 없는 그 집에서 우리는 무엇을 할 수 있을까. 문득 오래전 이 모든 풍경을 이미 본 적이 있는 것만 같은 느낌이 들었다. 처음 기차에서 남자와 만난 순간부터 나는 줄곧 이 기시감에 사로잡혀 있었으나 지금 내게는 마땅히 누군가에게 물을 질문이 없었다. 목덜미에는 여전히 화상을 닮은 통증이 훗훗했다. 근육을 지나 뼈까지 닿을 듯 집요하고도 묵직한 감각에 나는 무심코 목을 문질렀다. 손끝에 또다시 피가 묻어 나왔다. 피는 어둠 속의 단풍만큼이나 붉었다. 뒤늦게 내가 남자에게 내 생일에 대한 이야기를 한 적이 없다는 사실이 떠올랐다. 내일은 나와 지호가 태어난 날이었다. 남자는 어디서 그 사실을 알게 된 것일까.

우선은 다른 어떤 의문에 앞서 잃어버린 내 책을 되찾고 싶었다. 『물결 벌레』의 결말을 읽지 못한 것이 몹시도 불안하고 마음에 걸렸다. 문득 연못에서 아주 작고 가벼운 것이 날아오르는 듯한 소리가 들렸으나 나는 다

시 뒤를 돌아보지 않았다. 저 앞에서 일행이 나를 기다
리고 있었다. 집으로 돌아갈 시간이었다.

싱
크
홀

나신의 은하. 아랫배와 허벅지만이 이불에 가렸다. 종아리에 휘감긴 이불자락은 침대 아래로 쏟아져 바닥에 고였다. 절반의 발등과 발가락이 침대 밖으로 뻗어 나왔고 오른팔에 가린 뺨 위로는 주홍색인지 파란색인지 알 수 없는 햇살이 비친다. 베개, 시트, 이불 모두 빛을 받았다. 흐트러진 머리칼 역시 햇살로 번들거린다. 백진의 시선은 목덜미의 머리칼을 지나 쇄골과 가슴으로 이어진다. 눈을 가린 오른팔 아래로 작은 유방이 보인다. 모로 누운 탓에 가슴은 비스듬히 쏠려 있다. 부드럽게 들썩이는 마른 배, 그 아래로 다리를 휘감은 이불과 성기가 낯선 장난감처럼 자리한다. 은하는 부드럽게 호흡하고 백진은 자신이 요의를 느낀다는 것을 깨닫는다. 은하는 누구이고 백진은 누구인지, 그는 요의를 느끼며 언제나처럼 그들이 좋아하는 것들을 떠올린다. 이 습관은 권태에 대한 자각이자 자조이며 언제나 존재하는 기묘한 슬픔의 집약이다. 백진은 잠에서 깬 순간이 반드시 침대를 벗어나야 하는 순간은 아니라는 것을 잘 알고 있었다. 새벽에만 가능한 광선에 노출된 그의 벌거벗은 몸은 젊고 근사하고 무기력하며 혈색이 좋지만 병색 역시 완연했다. 지금까지 백진을 알게 된 사람들은 대부분 그의 아름다운 얼굴과 몸에 대해 이야기해 보고 싶어 했다. 실제로 그는 압도적이고 섬세하여 질병에 가까워진 아름다움을 갖고 있었다. 괴이할 정도로 잘 만들어진 그의 얼굴은 처음 탄생한 순간부터 병들어 가야 할 운명을 예고받기라도 한 것 같았다. 그것은 그가 다른 많은 사람들과 마찬가지로 게으르고 나약한 성품을 가졌기 때문이자, 그럼에도 그가 쉽게 타인을 매혹시킬 수 있는 외모와 부를 지녔기 때문이며, 다른 모든 이유에 앞서 무엇보다도 그가 죽어 가고 있기 때문이었다. 그의 괴이함을 증명할 근거는 그의 소유물들만큼이나 많았지만 다른 무엇보다도 그가 저주받은 사람이라는 것을 설명해 줄 수 있는 단서는 시간이었다. 그는 처량할 정도로 아름다웠으나 다른 모두와 마찬가지로 젊음을 기점 삼아 느리고 꾸준하게 변해 가고 있었다. 그는 언젠가 지금과는 다른 모습으로 늙어 버릴 것이다. 그는 아름답게 늙은 사람들을 몇몇 알고 있었으나 자신이 그렇게 될 수 있을 거라곤 생각하지 않았다.

백진은 잠에서 깨어나 눈을 뜨는 순간마다 아주 잠시, 마치 꿈에서 깨어나며 그 꿈의 시작과 끝을 서로 뒤섞어 기억할 때와 같이 어렴풋하게 자신의 끝을 상상하고는 했다. 그는 멍청했고 멍청하고 싶지 않다는 생각을 해 본 적도 없었기에 그의 멍청함은 상상에 어떠한 방향성도 부여하지 않았다. 고여 있는 멍청함과 고여 있는 죽음에 대한 상상, 그는 그런 것과 함께 침대에 누워 벽을 기어오르는 담쟁이넝쿨처럼 이불에 뒤섞여 있었다. 이불과 뒤섞인 그는 이불 밖으로 조심스럽게 손을 내밀어 은하의 뺨에 손가락을 가져갔다. 식물의 일부인 듯 낯설고 차가우며 살아 있다는 것이 생생하게 전해져 오는 은하의 살과 머리카락과 눈썹을 차례로 부드럽게 쓰다듬었다. 먼 곳에서 들려오는 음악을 연상시키는 희미한 충동이 그를 긴장시켰다. 은하의 얼굴 위로는 은하의 오른쪽 손이 기다랗게 늘어져서 은하의 두 눈을 가리고 있었고, 백진은 그 손을 붙잡아 밀어내려다가 그만두었다. 이불 속을 더듬어 그의 몸 어딘가에 모서리가 닿아 있던 휴대전화를 꺼냈다. 카메라를 켜고 팔꿈치에 체중을 실어 몸을 조금 일으켰다. 카메라를 은하가 누워 있는 방향으로 기울여 잠든 은하를 렌즈에 담았다. 잠들어 평온해진 은하의 얼굴을 화면에 넘치도록 비추었다.

은하는 자신과 닮은 사람이었다. 은하는 어디에서나 아름답다는 말을 쉽게 듣고는 했지만 동시에 어디에서나 쉴 새 없이 멍청했고 멍청하기를 그만두려 하지 않았으며 그들이 죽어 가고 있다는 사실을 멍청할 만큼 끝없이 되뇌었다. 멈출 수가 없었다. 은하가 멈추지 못하는 한 백진도 그녀를 사랑하기를 멈추지 못할 것이다.

백진은 화면에 담기기 위해 사각형으로 분할되는 은하의 육체, 육체의 부분들, 은하의 것도 은하 자신도 아니지만 더할 나위 없이 은하의 일부분처럼 은하에게 중첩되는 주홍색이자 파란색인 햇살을 바라보았다. 그 사랑스러운 장면을 사진 찍을 수도 있겠지만 동의 없는 촬영은 은하를 향한 범죄였다. 그는 구태여 범죄자가 되어야 한다면 차라리 자기나 은하를 괴롭히는 악인을 죽이고 자살하고 싶었다. 그는 그러나 타인을 단죄할 만큼 자신을 신뢰할 수 없었다. 백진은 카메라 앱을 끄고 배터리의 잔량을 표시하는 직사각형들을 졸음에 겨운 눈으로 바라보다가 전화기를 들고 침대 밖으로 나와 화장실로 걸어갔다.

샤워를 한 백진은 머리를 말리지 않고 다시 침대로 들어가 누웠다. 그의 베개는 느릿느릿 젖은 머리의 물을 흡수했다. 베개는 시간이 지날수록 축축해졌으며 백진의 이마와 뺨과 귓가와 목덜미 또한 수초가 엉겨 붙은 것처럼 젖어 들었다. 너무 차갑고 축축해서 잠이 들 수 없을 것 같았지만 잠은 물만큼이나 느리고 적확하게 영향력을 발휘해 그의 눈을 다시 감기도록 만들었다. 백진은 잠을 자며 조용하고 차가운 곳에서 잠을 자는 꿈을 꾸었다. 그는 조용하고 차가운 곳에서 잠들어 있었는데 꿈속에서도 그는 조용하고 차가운 곳에서 잠을 자고 있었던 것이다.

이건 너무나 이상한 꿈인데 이걸 누구에게 얘기해 줄 수 있을까, 아니지 또 잊어버리겠지, 잠에서 깨면 하고 싶은 말은 별로 없겠지, 숨조차 더욱 작게 쉬고 싶겠지. 그는 잠결에 그런 생각들을 기억하려 했으며 기억하려 하는 동시에 망각했다.

잠에서 깼을 때 그는 무언가 이야깃거리가 될 만한 꿈을 꾼 것 같다는 생각을 했고 또 잠이 덜 깬 상태에서 스스로가 그 꿈을 누군가에게 이야기해 볼까 고민했던 것 같다는 생각도 했지만 결국 그 꿈이 무엇이었는지는 기억하지 못했다. 은하는 벌써 일어나 욕조에 들어가 있었다. 습기와 입욕제 냄새가 둥그런 방 안을 가득 메워서 욕실이 아닌 모든 장소가 욕실이 되어 버린 것 같았다. 그렇다면 백진이 누워 있는 이 직사각형의 부드럽고 육중한 사물은 욕실에 놓인 침대이고 침대 앞쪽의 원형 테이블은 욕실에 놓인 테이블이며 테이블 옆에 설치된 냉장고는 욕실에 설치된 냉장고일 것이다. 짓이겨진 나

묹잎과 물에 젖은 숲의 흙을 떠올리게 만드는 입욕제 냄새는 그들이 언제까지고 더욱 깊은 잠을 잘 수 있을 것 같은 착각을 불러일으켰다. 그러나 그는 이제 침대에서 벗어나고 싶었다. 일어나서 무언가를 먹고 싶었다. 냉장고 안에 들어 있는 음식은 종류도 양도 부족했지만 어쨌거나 먹을 수 있는 것들이었다. 음식, 음료수, 사물, 오아시스, 야자수, 꿈, 백진은 그런 단어들과 함께 무력하고 게으른 태도를 유지하며 그런 방식으로밖에 움직일 수 없다는 듯 흐느적거리는 걸음으로 방을 가로질렀다. 냉장고 앞에 서서는 냉장고를 바라보았고, 음식을 꺼내면서는 열린 욕실 문을 바라보았다.

냉장고에 들었던 식빵은 온도가 낮았다. 품에 안아 보살피기도 전에 죽어 버린 작은 동물처럼 차가웠다. 냉장고와 테이블을 각각의 꼭짓점으로 삼은 예각삼각형의 마지막 꼭짓점은 화려하고 더러운 거울이었으며 더럽고 둥그런 거울 속으로는 빵을 든 백진이 비치고 있었다. 거울도 둥그렇고 테이블도 둥그렇고 건축가가 개성에 대한 집착을 발휘하기라도 한 것 같은 이 우스꽝스러운 방의 네 귀퉁이도 둥그렇기에 거울 속의 얼굴과 눈, 콧방울, 식빵 봉지, 손톱 등도 더욱 둥그렇게 보이는 것 같았다. 백진은 테이블 곁에 놓인 의자에 앉아 자신의 얼굴을 사진 찍기 시작했다. 찰칵 찰칵 찰칵 찰칵, 찰칵 찰칵 찰칵 찰칵 벽이나 가구나 빵보다도 표정 없어지기를 바라는 듯 표정 없어졌으며 더는 스스로도 작위와 흐리멍덩함의 경계를 가늠하기 어려워진 얼굴이 초조하게 촬영되었다. 씻고 나온 은하는 김이 번질 것처럼 뜨거운 몸에 느릿느릿 속옷을 끼워 넣고 백진의 맞은편에 앉았다.

씻지 않을 거야?

네가 자고 있을 때 샤워했어.

밥은 여기서 먹을 생각이야?

그럴 수도 있고 아닐 수도 있어. 넌 오후에 일정 있어?

아니 없어. 쉴 거야.

정오가 한참 지난 시간이었다. 은하는 말을 뱉고 곧바로 후회했다. 할 일이라고는 아무것도 없다는 사실을 들켜 버린 것만 같았다. 백진 말고는 아무도 은하를 찾지 않는다. 가야 할 곳도 없다. 반면 백진은 작업실에 들러 사람들을 만날 것이다. 다음 달 초 온라인 쇼핑몰을 운영하는 사람들끼리 준비한 소규모 패션쇼가 열린다. 백진의 블랑셰도 참여하는 곳 중 하나였다. 블랑셰는 프랑스어였기에 blanche로 표기될 수 있는 단어였고 흰색이라는 의미를 지니고 있었다.

백진의 이름의 백(白)은 흰색

넌 참 유치하지

그런 말이 은하의 머리 또는 마음속을 둥둥 강물을 떠내려가는 가볍고 하얀 스티로폼 조각들처럼 부유했으나 은하는 한마디도 입에 담지 않았다. 백진에게 무엇인가 말을 하기가 두려웠기 때문은 아니었다. 그보다는 스스로의 말이 귀에 들리는 것이 불안했기 때문이었다. 나는 왜 이렇게 생각을 많이 할까? 나는 왜 내가 생각한 걸 잘 말하지 못할까? 백진이 은하에게 왜 그러냐고 묻는다면 은하는 또 아무 말도 하고 싶지 않을 것이다. 은하가 하고 싶었던 말은 뭐랄까 백진이 백진 자신을 싫어하지 않아 보려고 지나치게 노력하고 있다는 이야기였다. 그런 노력을 할수록 백진은 가엾어질 것이다. 이름에 백(白)이 들어가기 때문에 그는 흰색을 좋아하고, 좋아하지 않는 순간에도 그 색을 떨쳐내지 못한다. 백진은 흰색에 집착하고 그것을 통해 자신에게 집착하며 집착을 통해 자신을 조금이라도 덜 아무것도 아닌 무언가로 보이게 만들려 한다. 그는 손에 하얀 식빵을 들었고, 그가 자고 일어난 방의 벽은 하얗고, 하얀 냉장고 안에는 하얀 우유가 들어 있다.

온통 흰색투성이인 것만 같지만 한편으로 그것은 은하가 잠시 백진에 대해 골똘히 생각하고 있기 때문일 뿐 방이 정말로 흰색만으로 이루어졌기 때문은 아니었다.

은하의 살은 창백하지만 불그스름하고 누르스름하며 어느 부분은 거무스름하다. 백진의 살은 은하와 똑같이 여러 가지 색깔로 이루어져 있다. 은하는 불그스름하고 누르스름하며 어느 부분은 거무스름한 백진의 곁을 지나쳐 냉장고로 걸어갔다. 냉장고를 열어 우유를 꺼내고, 우유 곁에 놓여 있던 차디찬 컵도 꺼냈다. 테이블로 돌아와 차가운 컵에 차가운 우유를 부었다.

컵은 너무 차가워서 손까지 얼어붙게 만들 것 같았다.

야, 왜 컵을 냉장고에 넣어 뒀어?

백진은 초식동물 같은 태도로 빵만 우걱우걱 씹었다. 그는 부끄러워서 대답하지 못하는 것이 분명했다.

그렇게 배가 많이 고파?

은하는 아무것도 모르는 척 다시 물었으나 돌아오는 대답은 없었다. 붉다고도 누렇다고도 창백하다고도 검다고도 할 수 없는 아름다운 색깔의 피부에 겹쳐진 금반지 주위를 조심스럽게 긁적이다가, 그녀는 결국 졸린 눈을 감았다.

은하는 졸음을 견디며 백진이 무엇이라도 괜찮으니 재미있는 이야기를 해 주었으면 좋겠다고 생각했지만 그는 한 번 부끄러워진 순간 입을 계속 다물고 있기로 결심한 모양이었다. 은하는 짐작하지 못했지만 그 순간 백진은 마음속으로 이 방의 많은 것들이 참 둥그렇다고 생각하고 있었다. 둥그렇다. 둥그렇다. 그 말만이 적절한 울림을 지닌 듯 반복되었다. 둥그런 방에 앉아 둥그런 식빵을 먹고 있어서인지 은하의 얼굴은 평소보다 더욱 무료하고 하얗고 귀여우며 둥글게 보였다. 그녀의 눈도, 귓불도, 어깨도, 가슴도, 무릎이나 엉덩이도 모두 둥그렇다. 이름을 붙인다면 오늘을 동그라미의 날이라고 부르고 싶었지만 그 어떤 이름도 이 끝없이 둥그렇기만 한 인상들을 수렴할 수는 없을 것 같았다.

은하야, 재미있는 일이 없다고 할 필요 없는 일은 하지 마

백진은 봉투에서 식빵을 한 장 더 꺼내며 그렇게 말을 할까 하다가 그만두었다. 은하는 여전히 그가 무엇이든 말을 꺼내 주었으면 좋겠다고 되도록 길고 긴 이야기였으면 좋겠다고 생각했지만, 한편으로는 어차피 충분히 길지 않을 이야기에 비해서는 식빵을 입에 넣고 씹거나 우유를 홀짝이는 소리 따위가 더 재미있다는 생각이 들었다. 백진은 입을 벌리며 식빵을 입으로 가져갔고 은하는 차가운 컵을 들어 올려 우유를 마시기 시작했다. 식사는 영원할 듯이 느리고 느렸지만 오후가 끝나기 전 끝이 났다.

춥지 않아요?

취한 남자에게서는 담배 냄새가 풍겼다. 은하는 고개를 들어 남자를 돌아보지 않았다. 몸을 일으켜 피할 만

큼 그가 귀찮다는 시늉도 하지 않았다. 은하는 움직임에 대한 어떠한 배움도 습득하지 않았으며 배우려는 욕망조차 상실한 사람, 또는 사람이 아니라 작은 동산이나 조그마한 자갈처럼 그곳에 앉아 있었고 남자는 계속 그런 은하를 바라보았다. 지하로 이어지는 계단을 따라 올라온 사람들이 말을 주고받고 웃음을 터뜨리며 그들 가운데를 가로질렀다. 사람들의 냄새가 사람들과 도로, 하늘, 보이지 않는 비행기를 포섭하고 있었다. 과잉된 고독과 자학적인 우울을 위하여 은하는 이곳의 냄새로부터 벗어나지 못하고 결국 이것과 관련되어 버리는 비행기의 견고한 비행을 상상해 보려 했지만 은하가 실제로 상상할 수 있었던 것은 그녀가 만들 수 있을 종이비행기, 종이로 만든 배, 종이로 만든 작은 동산과 작은 자갈 같은 것들이었다. 내일이 오면 종이접기 세트를 구입하자. 종이접기 세트를 구입하면 종이를 접어 강아지와 동산과 배와 비행기와 학을 만들어야지. 은하는 그렇게 결심하며 비로소 허기와 추위와 요의를 느꼈다. 그리고 남자는 그 순간 은하와 전혀 다른 상상을 하고 전혀 다른 것을 느끼며 언제나처럼 윤리나 매혹을 등졌다. 그는 불현듯 가느다랗고 기다란 힐의 굽 위에 얹어져 있는 은하의 몸을 거세지만 아주 거세지는 않게 걷어차 보고 싶다고 생각했다. 그렇게 한다면 취한 은하는 힘없이 쓰러질 것이다. 그 아무리 사랑스럽고 허망하고 가벼운 체중일지라도 모욕적인 중력으로부터 비웃음당하지 않을 수는 없을 것이다. 남자는 은하의 옷과 가슴과 허리와 발목을, 은하 옆에 놓인 작고 빛나는 가방을 바라보았다.

그렇게 입고 춥지 않아요?

그는 농담을 던지듯 킬킬거리며 물었다. 은하는 대답하지 않았다. 은하의 속눈썹은 길고, 은하의 얼굴은 기분이 나빠질 만큼 아름답고, 그 얼굴에는 종이로 된 동물 같은 표정이 지어져 있었다.

왜 안 들어가고 여기 계속 있어요?

은하는 자신의 차가운 손을 내려다보았다. 은하가 거짓말을 좋아하는 이유는 그것이 끝나지 않는 말이기 때문이었다.

찾는 사람이 있어요.

애인?

아뇨, 그냥 음악 하는 사람이요.

음악 하는 애들 중에 나 아는 사람 많은데, 찾아봐줄까요? 내가 알 수도 있어요.

아주 착하고 겁 많게 생긴 사람인데요.

음, 그런 애들은 너무 많은데.

은하는 벌떡 자리에서 일어나 계단 쪽으로 돌아섰고 남자는 웃음을 거두었다.

들어갈래요?

네, 화장실 가고 싶어요.

오줌 싸려고요?

네.

남자는 피우던 담배를 던지고 은하의 어깨에 손을 얹었다. 그가 무언가 말을 했지만 은하는 그 말을 들을 수 없었고, 은하는 거짓말을 좋아하는 만큼 점점 더 듣고 싶은 말만을 들을 수 있는 사람이 되어 가고 있는지도 몰랐다. 하지만 그 능력은 언제까지나, 영원히, 영원히, 충분히 대단해지지는 못할 것이다. 계단을 내려간 은하는 음악 소리가 커다란 복도를 따라 화장실로 걸어갔다. 취한 남자가 은하의 뒤를 따랐다. 화장실에서는 비료를 만들고 있는 것 같은 악취가 났다. 하지만 은하가 비료를 만드는 공간과 그 공간에서 만들어지는 여러 비료에 대하여 정말로 알고 있었던가? 농장이 집요할 정도로 끝없이 이어지는 시골길을 드라이브한 적이 있었던 것 같았고, 그 길에서 달리는 차의 창문을 열면 인분과는 다른 달콤할 정도로 지독한 냄새가 풍겼으며, 그때 같이 있던 사람이 그런 말을 했던 것 같기도 했다. 비료 냄새다, 동물 똥으로 비료를 만드는 냄새야, 창문을 닫아 은하야, 어서 창문을 닫아

은하는 창문, 창문, 소리 없이 중얼거리다가 화장실 칸막이 문을 닫고 팬티, 팬티, 중얼거리며 팬티를 내리고 변기에 앉았다. 차가운 얼굴과 목을 두 손으로 문질렀다. 손도 이미 얼굴이나 귀나 목만큼 차가웠다. 차가

운 것들은 서로 문질러지며 은하를 점점 더 허탈하게
만들었다.

오줌 잘 싸고 있어요?

밖에서 취한 남자가 물었다. 남녀 공용 화장실은 작
고 더러웠고 남자는 웃음을 그칠 기미가 없었다. 은하
는 남자를 따라 습관적이고 방어적으로 피식대면서 욕
에 대한 상상을 했다. 개새끼, 개새끼, 개새끼, 개새끼,
욕을 하지는 않으면서 그저 웃는 얼굴로 욕에 대한 상
상을 지속했다. 개새끼, 개새끼, 나는, 개새끼, 결코, 외
부로, 욕지기의 방향을, 돌출시키지, 못하며, 그저, 이
좁고, 더러운, 칸막이 안을, 점유하는, 나는, 개새끼, 개
새끼, 그 욕을 거듭하여 상상할수록 은하는 개새끼라
는 말이 얼마나 이상한 욕인지 깨달을 수 있었다. 만약
지금 화장실에 있는 것이 정말로 크거나 작거나 중간 크
기인 개였다면 은하는 아무런 욕도 하고 싶지 않으며 단
지 그 개를 이곳에서 어떻게 밖으로 데리고 나갈지만 고
민할 것이다. 크거나 작거나 중간 크기인 개는 어떤 생
김새를 하고 있든지 아주 따뜻하고 푹신하며 말랑말랑
할 것이다. 꼬리를 흔들고 콧물을 묻히고 침으로 손을
적실 것이다. 귀여운 개, 귀여운 개새끼, 귀여운 새끼 개,
사랑스럽고도 사랑스러우며 가엾고도 가엾은 개새끼.

오줌 싸니까 기분 좋죠?

남자가 킬킬대며 기침하는 소리가 들렸고, 은하는 자

신이 아직 충분히 대단한 능력을 소유하지 못하고 있다고 생각했다. 아직 충분히 대단하지는 않은 그 능력이 지금보다 더욱 대단해진다면 은하는 더 이상 듣고 싶지 않은 말을 듣지 않을 수 있을 것이다. 그리고 그런 능력과는 별개로 이곳을 떠난 뒤엔 희거나 빨갛거나 초록색인 종이들이 포함된 종이접기 세트를 구입할 것이다. 종이를 접는 올바른 방식과 그 결과물에 대하여 상세하게 설명하는 교본이 포함되어 있으며 누구의 손도 탄 적 없이 깨끗하게 포장된 상태인 종이접기 세트를 구입해서 학과 개와 동산과 배와 비행기와 사람들을 접을 것이다. 언젠가 조금 더 대단한 능력을 갖게 된다면 그때는 문밖의 남자에게 높은 언덕이나 산꼭대기에서 아래로 굴러떨어졌을 때 겪게 되는 고통과 비슷한 수준의 고통을 유발하는 폭력을 저질러야지. 다리를 부러뜨리고 갈비뼈를 부러뜨리고, 아무도 그에게 개새끼라는 잘못된 욕조차 하고 싶지 않아질 만큼 진절머리 나도록 그를 조롱해야지. 그가 왜 그러냐고 묻는다면 그때는 지금의 그처럼 웃으면서 네가 진부하기 때문이라고 답할 것이다.

저기요, 잠이라도 들었어요?

남자가 웃으며 문을 두드렸다. 화장실 칸막이의 문은 다른 여느 문들과 비슷하게 납작하고 기다란 직사각형이었고 걸쇠는 아주 조금 녹슬어 있었으며 문 밑으로는 남자의 운동화가 보였다. 운동화에는 알록달록한 그림이 인쇄되어 있었다. 알록달록한 그림은 느릿느릿 흔들리며 점점 더 문 밑을 파고들다가 어느 순간 사라졌다. 위로 뛰어오른 것이로구나, 은하가 납득하고 고개를 들자 남자는 칸막이 문 위로 고개를 내밀어 은하를 내려다보며 거기 매달려 있기가 무척이나 힘들다는 듯 불안정한 호흡으로 입을 벌리고 있었다. 은하는 둥그렇게 벌어진 남자의 입과 은하를 마주하는 남자의 눈을 바라보며 다시 한번 종이접기에 대해 상상하듯 생각했다.

아아 나라는 개새끼, 나는 정말이지 다른 것으로는 대체될 수 없는 나의 악몽이다.

지금의 은하는 너무 약해서 남자를 욕할 수 없었다. 자꾸만 스스로를 욕할 수밖에 없었다. 은하와 은하가 사랑하는 사람들이 거짓말을 좋아하는 이유는 그것이 끝나지 않는 말이기 때문이었다. 은하는 벽에 걸린 두루마리 화장지로 손을 뻗었다. 흰 화장지를 잡아당겨 흰색이 차지하는 여백처럼 보이는 공간을 확장시키고 여백으로 오줌을 닦았다.

어디서 그렇게 다친 거야, 무섭게.

사진사는 걱정스러운 표정으로 은하를 바라보며 중얼거렸고, 그 말은 중얼거림일 뿐 대화가 될 수 없는 말인 것처럼 들렸다. 그것은 일종의 선언이었다. 걱정스러움에 대한 선언이자 선포이고 대화가 아닌 태도의 일부였다. 태도를 대표하는 선언이었다. 그는 은하를 걱정하고 있다는 것을 밝히려 했고, 은하는 그가 어떤 사람인지 얼마든지 착각할 수 있을 것 같았지만 그렇게 하지는 않았다. 착각은 너무나 쉽고 너무나 우습고 너무나 두려워서 숨이 막힐 것 같았다. 착각이란 때로 손쉽게 가지고 놀 수 있는 재미있는 장난감 같았지만, 불필요할 때는 넘쳐나던 그 장난감은 절실해지는 순간 불현듯 구할 수 없어졌다. 은하는 거짓말을 좋아했고, 장난감을 가지고 노는 것을 두려워했고, 태도가 아닌 대화를 원할 때마다 오로지 태도만을 가질 수 있었다. 태도들에 잠식된 은하는 점점 더 여러 태도들의 정류장처럼 변해 갔다. 그것은 착각이다. 그것은 거짓말이다. 그것은 상상이다. 그것은 은하이고 은하는 불안이다. 은하는 지금 사진사와 함께 넓지도 좁지도 않은 스튜디오 소품실 바닥에 앉아 있었다. 창틀을 감은 전구의 불빛은 노란색으로 반짝거렸고 언제나 닫혀 있기 때문에 없는 것이나 다름없는 창문 앞에는 아동을 위한 곤충과 꽃, 동물 의상들이 옷걸이에 걸려 있었다. 옷걸이 옆에는 모자들도 있었고 인형들도 있었다. 토끼와 곰과 코끼리 인형을 등지고 앉아서 사진사는 맥주를 마셨다. 그리고 은하의 멍든 목을 안쓰럽다는 듯 바라보았다. 검고 붉게 멍이 든 목을 슬픈 눈으로 바라보며 손을 뻗었다. 멍 자국을 쓰다듬었다.

너무 아프겠어.

은하는 그가 슬픈 얼굴을 하고 있는 이유는 정말로 슬프기 때문일 것이라고 생각했다. 사람들은 어느 정도 자라난 뒤로 누구나 슬픔에 종속되기 때문에 언제든지 필요한 순간이 도래하면 기만적인 슬픔의 표정을 지어 보일 수 있었다. 은하도 그랬다. 은하는 언제든 슬퍼질 수 있었다. 언제든 기뻐질 수도 있었다.

말을 해 봐, 누구랑 싸우기라도 했어?

사진사가 물었을 때 은하는 늘 그랬듯이 자신이 좋아하는 무언가를 떠올렸다. 상상만이 괴로운 순간을 거역할 수 있었다. 은하가 좋아하는 일, 그건 진실을 잊는 것이다.

은하는 사진사를 바라보며 거짓말했다.

아뇨, 그냥 맞았어요.

맞다니 대체 누구한테?

오빠한테요.

오빠 누구? 너 남자 친구 생겼어?

아뇨, 친오빠요.

오빠가 있었던가?

평소에 제가 가족 얘길 잘 안 하니까요. 모르셨겠죠. 오빠 얘기는 딱히 할 만한 것도 없고요.

없다니 오빠가 너 목을 조른 거 아냐 지금.

네, 무섭죠.

부모님은 아셔?

모르시는 게 더 좋아요.

은하는 기침을 하고 콧등을 찡그리며 눈을 감았다. 사진사는 맥주를 마셨고 은하도 맥주를 마셨다. 맥주를 마시며 술에 취한 것 같은 기분을 느껴 보려 했지만 그 기분은 술에서 주어지는 것이 아니라 처음부터 여기 마련되어 있던 것처럼 느껴졌다. 그런 느낌조차도 이제는 진부했다. 슬픔, 조롱, 권태, 물, 술, 오줌, 요의와 폭력, 잠, 이제는 진부함만이 그런 단어들 사이의 관계를 대체하고 있었다.

은하야, 그런 일이 있으면 남들한테 상담이라도 해. 백진이는 알아?

잘 몰라요.

왜 몰라?

모르겠어요.

사진사가 한숨을 내쉬었을 때 은하는 문득 짧지만 끝이 모호한 하나의 이야기를 선택했다. 남겨지는 것은 언제나 이야기, 어수선하고 진부한 이야기였다. 그 사실을 깨달았던 것은 언제였을까? 의문은 습관이고 이 습관은 무언가를 물어 공백을 대체하려는 유예의 구현이다.

저 사실은 약도 먹어요.

응?

힘들어서요.

오빠 때문에?

아뇨. 그냥 다 힘들어서요.

은하는 서툰 연기자처럼 어깨를 들썩이고 한숨을 내쉬었다. 슬픔을 모르며 슬픔을 말하는 사람처럼 굴기를 선택했다. 그것이 연기라는 확신은 언제나처럼 있는 것 같기도 했지만 전혀 없는 것 같기도 했다. 은하는 다만 하염없이 어리고 부유하며 아름다웠다. 탕진이라는 개념을 희롱하듯 방탕했다. 그러므로 사진사에게 은하가 연출하거나 감각하는 슬픔은 진실로부터 소외된 장소를 구르는 가벼운 조약돌처럼 하찮은 것이거나 또는 그렇게 여겨져도 무방한 것이었고, 그 사실이 때로는 오직 그런 사실만이 그를 지탱하고 있었기에 사진사는 헛웃음을 지었다.

야, 오빠 일은 모르겠지만 그거 말고 네가 힘들 게 또 뭐 있어.

이야기는 그러한 문장으로 직조되며 다음 단계로 전개되었다. 은하는 맥주 캔을 내려놓고 사진사를 멍한 눈으로 바라보았다. 은하는 태도들의 정류장이고 그 정류장에는 분노도 슬픔도 사랑도 미래도 과거도 이따금 정차했으나 그중 어느 것도 영원히 멈추지는 않았다. 정류장에 남겨질 수 있는 것은 정류장뿐이었다. 어제와 오늘의 구분을 유보할 수 있는 것은 상상에 길들여져 이야기로 살아가는 사람들뿐이다.

그러게요, 제가 뭐 힘들 게 있겠어요.

그 말에 사진사는 멋쩍게 웃으며 은하의 기색을 살폈고 은하는 잠시 눈을 내리깔고 있다가 돌연 바닥에 놓여 있던 가방을 향해 손을 뻗었다.

저 그만 갈게요.

응? 야, 갑자기 왜?

그냥요.

은하는 무릎과 팔을 사용하여 자리에서 천천히 일어났다. 덩굴에 감긴 동물 시체 같은 가방을 느슨하게 손에 쥐고 사진사 옆을 지나쳐 소품실 문을 나섰다. 당황해서 은하를 바라보던 사진사는 곧 일어나 뒤를 따랐다. 은하야, 은하야, 이름을 몇 번이나 불렀지만 은하는 뒤돌아보지 않았다. 복층 스튜디오의 철골 계단을 따라 내려가는 은하의 발걸음, 높다란 굽의 작은 구두, 아주 가느다란 발목을 따라서 은하가 만들어 낼 수 있는 소리들 중 하나가 반복적으로 울려 퍼졌다. 사진사는 은하가 스튜디오 현관을 나서려 할 때 비로소 은하를 붙잡았다. 팔을 손으로 붙잡아 은하를 비스듬히 돌려세웠다. 어두운 그림자가 은하의 얼굴을 희고 누르스름하게 양분했다.

은하야, 야, 너 왜 그래? 내 말 때문에 기분 상했다고 이러는 거야?

은하의 팔과 사진사의 손 사이에는 은하의 얇은 셔츠가 들어 있었다. 누구의 것인지 알 수 없는 불쾌한 열이 셔츠를 직조하는 실들을 통과했다. 뜨거워지는 실들에 대해 은하는 상상했다. 세로. 가로. 세로. 가로. 세로. 가로. 모든 세로와 모든 가로가 뜨거워지고 셔츠는 사진사의 체온을 막을 수 없기에 은하의 팔도 뜨거워졌다.

야, 말 좀 해라, 기분 상했다고 그러는 거야 정말? 그야 나는 네가 아니니까 네 입장은 잘 모르지, 너랑 나랑 사는 게 서로 다르니까 서로 모를 수도 있는 거지, 그걸 가지고.

은하는 하하하, 돌연 커다란 소리로 웃음을 터뜨리며 몸을 돌려 사진사의 손아귀에서 팔을 빼냈다. 사진사는 황당하다는 듯, 지금까지도 황당했으나 더욱 분명하게 모든 것이 불가해해졌다는 듯 눈을 반달처럼 뜨고 입을 반달처럼 벌렸다. 콧구멍도 반달 같고 얼굴도 반달 같다. 반달, 현기증이 날 만큼 뜨겁고 물컹한 달에서 소리가 형성되었다.

사람이 사과하는데 야, 너 정말 갑자기 왜 그래?

사진사가 은하의 팔을 다시 붙들었다. 은하는 그 손을 뿌리쳤고 사진사는 다시 그 손을 뻗었다. 손과 팔이 얽힌 순간 은하는 사진사의 몸 또는 공기 중의 투명한 공이나 바위, 동물, 꿈의 덩어리 같은 것에 부딪혀 바닥으로 나동그라졌다.

피 냄새가 났다.

은하야, 은하야, 이름이 또다시 몇 번이나 불리웠으나 은하는 대답하지 않았다. 두 손으로 몸을 지탱하고 두 다리를 바닥에 아무렇게나 내던진 채 흐르는 피를 보았다. 가느다란 핏줄기가 발목을 동그랗게 감은 구두 스트랩을 타고 피부를 적시고 있었다. 은하는 흰색에 대하여, 검거나 노랗거나 붉은 다른 다양한 색들에 대하여, 상상에 가까운, 고양이 털이나 새털구름 같은 얇고 옅고 가벼운 기억들을 복기했다. 이 상상은 아무 의미도 없다. 이 이야기는 여러 개의 거짓말들로 이루어진 과실이다. 이 과잉의 과실에서는 아무 맛도 나지 않는다. 아무도 먹지 않는다. 이것은 썩어서도 아무 냄새도 풍기지 않을 것이다. 은하야, 은하야, 이름은 사라지지 않을 것처럼 영원히 거기 있었다.

백진의 방에서는 백진의 냄새가 난다.

은하는 열린 유리창 밖으로 내리는 비를 보며 얼마 전 들었던 조금 따분하고 조금 재미있는 이야기를 떠올렸다. 이야기의 결말은 잘 기억이 나지 않았으며 어쩌면 결말까지 듣지 않은 것일지도 몰랐다. 차가운 소파 위, 담요를 두른 은하의 머리카락은 땀과 습기에 젖어 있었다. 은하는 옷을 묶어 두 눈을 가리고 침대에 누워 있는 백진을 바라보며 그가 영원한 삶의 저주에 걸린 귀족처럼 근사하다고 느꼈다. 조금 전 그들은 침대 위에서 서로를 껴안고 뒹굴었지만 백진의 성기는 언제나 그렇듯 백진의 손안에서만 움직였다. 그게 더 부끄러울 텐데 부끄러움이 많은 백진이 그런 것을 어떻게 견디는 건지. 참 웃기고 귀여운 애였다. 접촉, 갈망, 애착, 그런 것은 그에게 언제나 모순으로만 등장했다. 사랑과 공포가 주술적 방식으로 그를 사로잡아 그의 모든 움직임을 어리석고 사랑스러운 예배로 수렴시키는 듯 보였다. 그는 땀에 조금 젖어 있었고 침대는 약간 축축했으며 방 안에서는 온통 그의 냄새가 진동했다. 이것은 역겨운 냄새인가? 은하는 짙은 냄새 가운데서 자신의 냄새를 구분해 보려 했지만 자신의 냄새는 이미 그 냄새를 맡으려고 하는 후각기관 전체를 점령하고 있었다. 만약 백진이 지금 무얼 하느냐고, 왜 그렇게 멍하니 앉아 있느냐고 질문한다면 은하는 기침이나 재채기를 하듯 답할 것이다. 네가 산새로운 것을 보고 있어 수초 수조라니 보기 좋네

둥그런 벽으로 감싸인 어항 같은 방 한구석에는 둥그런 테이블이 자리했고, 테이블 위에는 투명한 직사각형 수조가 놓여 있었다. 테이블 표면은 희고 매끄러웠고 군데군데 불그스름한 얼룩이 있었다. 얼룩과 얼룩이 없는 부분과 수조를 구성하는 네 개의 유리벽, 유리벽 속의 물과 연녹색 수초 위로는 희미한 우천의 빛이 드리워져 있었다. 빛을 받은 수조 속에서 수초는 더없이 생생

한 빛깔로 번들거렸다. 미약하게 일렁거리는 물결을 따라 수초도 흔들렸다. 은하는 아직까지도 기억해 보려던 이야기의 끝을 생각해 낼 수 없었다. 기억할 필요가 있었던가? 그렇지 않았다. 이 기억은 종용될 필요가 없었다. 백진은 왜 갑자기 수초를 키우기로 한 것일까? 은하는 그것 또한 짐작할 수 없었다. 백진이 무언가를 돌보고 기르는 일이란 하염없이 수상쩍게 느껴졌다. 백진은 무엇을 시작하든 쉽게 질렸다. 실패를 불안이 아닌 놀이로 애호했다.

은하야.

은하가 숨소리처럼 작게 웃는 소리를 들었는지 누워 있던 백진이 입을 열었다. 비누와 땀 냄새가 뒤섞여 풍기는 희고 붉은 몸이 이불을 짓누르며 추락한 구름처럼 느리게 뒤틀렸다.

은하야, 오늘 여기서 자고 갈 거야?

왜?

너 오늘 안 바쁘다면서.

백진은 흐느적거리며 중얼거렸다.

오늘은 나도 집에 있을 거야.

백진의 입에서 나오는 집이라는 단어는 어쩐지 기묘하게 들렸다. 백진에게는 이곳 아니고도 다른 방들, 다른 집들이 있었다. 모든 방과 모든 집은 언제라도 그 수와 형태가 변할 수 있는 것들이었기에 처음에는 분명 각자의 모양을 지니고 있었으나 시간이 흐르고 어느 순간 돌이켜 보면 알아볼 수 없을 만큼 일그러지거나 더러는 모습을 감추었다. 사방의 벽은 벌써 조금씩 사라져 가고 있는 것 같기도 했지만 권태롭게 미래를 기다리는 것 같기도 했다. 모든 건축물의 미래는 폐허라는 사실이 이 벽을 구성하는 최초의 재료였다. 흰 벽에는 언제나처럼 화려한 세공의 더러운 거울이 걸려 있었다. 거울 속으로는 아마 맞은편 가구와 벽이 비치고 있겠지만 소파에 앉은 은하의 눈에는 거울 속에 비치는 것들이 거의 보이지 않았다. 소파와 침대와 창문, 빛나는 수조와 테이블, 의자들, 냉장고와 거울이 있는 이 작고 둥그런 방에서 오늘은 무엇을 하며 시간을 보낼지, 은하는 언제나처럼 가학과 피학의 주인이 되어 자신에게 복종해야만 했다. 수분이나 계속되는 양치질, 음식물 쓰레기를 치우고 비우는 작업, 종이 자르기, 머리카락 줍기, 침 삼키기, 변기 물 내리기, 달콤한 고기를 오래 씹는 일, 비에 젖은 구두 속에서 발 꺼내기, 그런 일들은 단순하고도 즐거웠다. 뿌리칠 수 없이 중독적이었다.

은하는 비틀거리며 백진에게 다가갔다. 그의 두 눈 위로 헐겁게 묶여 있는 옷을 내려다보다가 침대 옆에 놓여 있던 휴대전화를 집어 들었다. 카메라를 켜고 화면에 백진을 담았다.

사진 찍어 줄까? 다음에 보고 부끄러워질 수 있을 텐데.

은하가 묻자 백진은 벌써부터 부끄러워하며 고개를 저었고 은하는 휴대전화를 내려놓았다. 백진의 곁에 누웠다. 백진의 팔이 더듬더듬 은하를 향해 뻗어져 왔다. 백진이 은하의 어깨를 감싸 안자 은하는 차가운 손으로 백진의 배를 문질렀다. 멀리서 가져온 풀잎 같은 손이라고 백진은 생각하며 속삭였다.

나는 절대로 부끄러워지지 않을 거야 나는 누구보다도 먼저 수치스러운 일들을 잊어버릴 거야

은하가 웃음을 터뜨렸다. 백진은 은하의 손에다 코를 비볐다. 은하는 백진에게서 백진의 냄새를 맡았다.

내가 상상하는 건 언제나 죽어 가는 과정이 아니라 죽음 이후의 세계야 거기서 나는 아무것도 할 필요가 없고 누구도 사랑하지 않아

은하는 백진의 코를 부드럽게 짓뭉개던 손을 거두고 두 손으로 백진의 목을 움켜쥐었다. 힘껏 호흡을 막고 백진의 얼굴이 서서히 일그러지는 것을 들여다보았다. 백진에게서는 백진의 냄새가 나고 은하에게서는 은하의 냄새가 난다. 그 사실은 언제까지고 영원히 변하지 않을 것 같았지만 영원의 의미를 은하는 사실 가늠할 수 없었다. 영원이라는 울림, 그 말은 그저 하나의 사물처럼 느껴졌다. 두 손으로 가볍게 들어 올려 그 질량을 감각하거나 물놀이용 공처럼 가지고 놀거나 주사기를 사용해 약물처럼 혈관 속으로 밀어 넣을 수도 있을 것 같

왔다. 은하가 손에서 힘을 빼자 죄었던 목이 풀린 백진은 여러 번 기침했다. 은하는 붉어진 백진의 얼굴을 바라보며 자신이 때때로 하는 가볍고 무의미한 거짓말들을, 백진과 은하가 모두 외동이며 그들에게는 형제도 자매도 없다는 사실을 떠올렸다. 백진은 외동이며 부모가 가진 모든 것은 별다른 문제가 생기지 않는다면 모두 백진의 것이 될 것이다. 백진은 며칠 전 운영하던 쇼핑몰 블랑셰를 그만두고 사업을 철수했다. 그 사업은 처음부터 장난이었고 장난감이었으며 백진의 마음은 언제나 장난감이 진열된 선반들이 가로, 세로, 가로, 세로, 가로, 세로를 이루고 있는 박람회장이었다.

백진의 이름의 백(白)은 흰색

넌 참 귀엽지

누워 있는 백진의 눈을 가린 흰 스웨터는 자세히 들여다보면 푸르스름한 실과 연한 보라색 실이 희고 굵은 실에 뒤얽힌 모양을 볼 수 있었고, 그 모양은 뱀들을 닮은 동시에 꽃이나 나무를 닮아 있기도 했다. 백진의 코와 코밑의 솜털, 입술의 희미한 주름들, 창백한 피부를 뚫고 올라오는 흑갈색 수염들을 은하는 응시했다. 백진의 부모가 또다시 사업을 그만둔 백진에게 어떤 폭언을 했을지 떠올리는 순간 잠이 쏟아질 것 같았다. 많은 이야기들이 너무나 빨리 사라져 버려서 때로 이제 쓸 만한 이야기라고는 늙는 것밖에 남지 않은 듯 느껴졌다. 백진은 언젠가 죽을 것이다. 그는 늙어서 죽을까? 아니면 젊어서 죽을까?

은하야.

백진이 부르는 이름에 은하는 대답하지 않았다. 동그란 자신의 가슴 위에 얼음 같은 손을 얹고 백진이 사후 세계에서 만나게 될 상대를 상상해 보았다. 그 상대가 몹시 유순하고, 선량하며, 모든 물음에 기분 좋게 답변해 주는 누군가이기를 바랐다. 그러나 백진을 기다리고 있을 그 착한 상대가 은하를 위해서도 기다림과 사랑을 베풀어 줄 수 있을까?

은하야, 사랑하는 은하야, 할 만한 일이 없다고 할 필요 없는 일은 하지 마

백진은 언제나처럼 그 말을 떠올렸으나 말하지 않고 침묵을 지켰다. 비 오는 하늘의 흐린 빛을 반사하며 일렁거리는 수초 수조를 바라보았다. 은하는 옅은 피 냄새를 맡았다. 고개를 숙여 허벅지를 흐르는 핏물을 발견했다. 은하가 일어서자 핏줄기는 흘러내려 바닥으로 이어졌다. 여러 개의 붉은 동그라미가 은하의 발걸음을 따

라 탄생했다. 돌연 자리에서 일어나는 은하를 따라 백
진이 눈가에 묶여 있던 옷을 끌어 내리고 고개를 들었
다. 거울과 테이블과 수조를 지나쳐 휘청거리며 걸어가
는 은하의 뒷모습을 바라보았다. 왜 그래? 백진이 묻자
은하는 숨소리처럼 웃었다.

　너는 네 피를 계속 다 가지고 있겠지만 나는 아니야.
나는 갈아치울 거야.

　욕실로 걸어가는 은하의 다리에는 여러 개의 멍이 있
었고, 그중 어째서 생겼는지 알 수 없는 멍들은 모두 이
세상에 없는 은하의 피붙이, 그 가상의 피붙이가 은하
가 잠든 사이에 다가와 만든 자국들이었다. 은하가 욕
조로 들어가자 욕조 바닥에 피가 흘러내렸고 피는 수챗
구멍으로 미끄러졌다.

　은하야, 괜찮아?

　문가로 다가오는 백진의 물음에 답하지 않으며 은하
는 샤워기의 물줄기로 그 피를 씻어 보냈다. 변하지 않
는 하나의 저주가 붉은 물 속에서 풀잎처럼 흔들리고 있
었다. 피는 느리게 번졌다.

수 초 수 조

나무 냄새가 났다. 방에서는 어설프고 재미있게 들리는 어떤 노래가 나오고 있었다. 방문은 연한 갈색이었고 문고리는 보고도 금방 무슨 색이었는지 잊어버리게 되는 색깔이었다. 나는 문고리와 문을 등지고 서서 방 안을 바라보았다. 방문을 기준으로 왼쪽 벽에는 연한 주홍색 커튼에 덮인 조금 지나치게 큰 것 같은 창문이 있었고 창문을 기준으로 다시 왼쪽에는 빈 화분이 하나 있었다. 다시 말해 빈 화분은 방문을 기준으로 방문의 맞은편에 놓였다고도 할 수 있었는데, 사실 정확히 따져 보았을 때 그 누르스름한 화분과 방문과 방문이 있는 벽은 직각을 이루지는 못했다. 화분은 화분, 문, 문이 있는 벽이 각각 꼭짓점이 되어 직각삼각형을 이룰 수 있는 어느 지점에서 조금 왼쪽으로 치우친 바닥의 어느 부분에 놓여 있었다. 문은 여느 문들이 그렇듯 납작하고 직사각형이었으며 화분에 비해 얇고 넓적했다. 문은 폭이 화분의 세 배 정도 되었고 화분은 문에 비해 작고 동그란 모양이었으며 부피가 훨씬 작았다. 아마 무게 또한 훨씬 가벼울 것이다. 문짝을 들어 올려 본 적이 없으므로 둘의 체감 무게를 정확히 비교할 수는 없었지만 둘중 어떤 것을 들어 올려 보지 않고도 화분이 문에 비해 훨씬 가벼우리라는 사실은 알 수 있었다. 납작한 문과 동그란 화분은 점대칭을 이루며 각자 전혀 다른 모양을 하고 놓여 있었다. 문은 나사못으로 벽에 고정되었지만 화분은 어디에도 고정되어 있지 않았다. 화분은 텅 비어 있었다.

커튼에 가린 창문 맞은편, 벽에서 조금 간격을 둔 바닥의 어느 지점에는 휴대전화가 놓여 있었다. 휴대전화 뒤쪽 벽에는 낡고 긴 소파가 자리했다. 창문과 거의 일직선으로 놓인 휴대전화에서 한 번도 들어 본 적 없는 노래가 나오는 중이었다. 나는 그것이 어떤 노래인지, 누가 부른 곡인지, 내가 언제 그런 노래를 들은 적이 있었는지 습관적으로 기억해 내려 했지만 동시에 기억해 낼 필요 없다는 사실을 직감했다. 어떤 가수, 어떤 연주자, 어떤 무대, 비올라, 피아노, 피리 같은 악기들이 맥락 없이 떠올랐다. 그러나 맥락 없는 단서들이 아닌 다른 것,

처음과 끝이 있고 줄거리가 있으며 인과가 있는 것은 기억나지 않았다. 기억에 대한 필요조차 기억해 내거나 생각해 낼 수 없었다. 필요를 망각하며 나는 한 가지 우스운 사실을 발견했다. 문득 내가 누구인지 떠오르지 않는다는 것을 깨달았던 것이다. 나는 누구이고 이곳은 어디인지, 나는 무엇인지, 왜 아무것도 기억하고 싶지 않으며 기억나지 않는지 알 수 없었다.

음악에 관하여 생각해 볼까, 어째서인지는 알 수 없지만.

나는 무엇을 자주 들었던 것일까?

언제부터, 어떤 시작에서부터, 어떤 작고 혐오스러운 출입구로부터 무엇이 누적되었던 것일까?

나는 질문인지 아닌지 알 수 없는 말들의 연쇄를 감지하며 아무런 답도 할 수 없었다. 기분 좋게 길고 긴 잠을 자고 일어난 것 같은 느낌이 들었지만 기분 좋은 느낌과는 달리 스스로의 이름 같은 것을 비롯한 그 어떤 사소한 사실 하나조차도 기억이 나질 않았다. 사실은 잠을 자고 일어난 것이 아니라 폭력적인 약물을 주입당하고 일어난 것이라고 해도 믿을 수 있을 정도였다. 다만 이상하게도 두렵지는 않았다. 두렵지 않고 괴롭지 않으며 불안하지도 않았다. 두렵지 않고 혼란스럽지도 않으며 사실은 이상하지도 않다는 사실이 나는 정말이지 이상하지조차 않았다. 그저 잠이 약간 덜 깬 것처럼 조금 졸릴 뿐이었는데 그 졸음마저도 괴롭지는 않았다. 다시 자고 싶으면 언제든지 다시 잠들 수 있을 거라는 알수 없는 믿음이 당연하게도 존재하고 있었다. 내가 누구인지도 기억나지 않고 내가 무엇인지도 기억나지 않았지만 기억나지 않는 것이 당연한 일처럼 생각되었다. 이곳은 어디이고 어쩌다 이곳에 와서 지금 왜 무엇을 보고 있는지도 기억나지 않았고 정답 같은 것을 찾아내기 위한 조금의 실마리조차 떠오르지 않았지만 나는 그저 몹시 나른하고 기분이 좋을 뿐이었다. 등 뒤에서 어떤 낯설고 침착한 목소리가 들려올 때까지 나는 문 앞에 서서 거의 텅 비었다고도 할 수 있고 화분이 놓여 있다고도 할 수 있는 방 안의 풍경을 바라보고 있었다.

목소리는 나를 놀래지 않으려는 듯 친절했다.

일어났어? 당황하지 않은 것 같아서 다행이야

나는 뒤를 돌아보았다. 방 밖으로 이어진 작은 거실에 커다란 사람이 나타나 있었다. 쾌활하고 선량해 보이는 얼굴이었다. 모래색 스웨터에 흰색 면바지를 입은 그 사람은 마치 숲을 그린 그림 속에서 걸어 나온 온순한 동물 같은 느낌을 주기도 했고, 재즈를 좋아할 것 같은 인상을 풍기기도 했다. 재즈에 대해서라면 긴 시간 동안 많은 이야기를 나눌 수 있을 것 같은 사람이었다. 온몸

에서 건강하고 쾌활하며 이해할 수 없는 일들을 비교적
쉽게 받아들일 수 있을 것처럼 보이는 긍정적인 체념의
분위기가 풍기고 있었다. 공원과 얕은 언덕과 바닷가를
걷는 산책을, 여행의 모든 시간과 스치는 모든 나무와
풀과 돌멩이의 향기를 사랑할 것 같은 인상이었다. 한편
으로는 아주 길고 긴 시간을 혼자 보내 본 적이 있으며
차분하고 무료한 삶에 익숙해진 것 같은 인상이기도 했
다. 재즈라면 각각의 연주자들이 지닌 모든 특성과 악기
의 작은 결함마저도 알아채고 애호할 수 있을 것 같았지
만 어떠한 취향이나 취미도 타인에게 자신을 설명하기
위하여 굳이 선택하고 발전시킨 것 같지는 않았다. 수다
스러워 보이지는 않았고 낯선 사람을 무작정 좋아할 것
같지도 않았다. 스스로가 무언가를 전혀 이해하지 못하
고 있다는 사실을 자각하는 순간을 자주 겪어 본 것 같
은 느낌이 들었고 망각이나 지체에 익숙해진 것 같았다.
나는 스스로가 이처럼 짧은 순간에 낯선 상대에 관하
여 이렇게나 많은 것들을 직감할 수 있다는 사실과 상
대의 눈빛이 유난히 따뜻하고 체념적일 만큼 유순하다
는 사실에 마음 깊이 기분 좋은 수상쩍음을 느끼며 물
었다.

저, 누구신지 여쭤봐도 될까요?

상대는 어색하게 웃으며 손으로 머리를 긁적거렸다.
영화나 만화에서 나올 법한 귀엽고 자연스러운 동작이

었다.

역시 모르는구나. 하지만 내가 여기 있다는 사실은 조금도 이상하게 느껴지지 않을 거야, 그렇지?

네, 그런 것 같아요.

다행이야. 그렇게 말해 줘서 정말 기분이 좋아. 혹시 배가 고프지는 않아?

배가 고프지는 않지만 뭘 주신다면 좀 먹고 싶은 것 같기도 한데요.

그럼 부엌으로 가자. 이 집은 넓지는 않지만 우리가 지내기에 필요한 건 뭐든지 갖추고 있어. 나는 요리를 좋아하고 먹는 건 더 좋아해. 점심을 먹고 나서는 집 밖으로 나가 볼 수도 있어. 공기가 아주 깨끗하고 맑아.

음, 그건 좀 이상하네요.

뭐가 이상해?

공기가 맑다니, 저는.

나는 부엌으로 가며 말을 흐렸다.

저는 공기가 맑은 곳에서 살아 본 적이 없는 것 같은, 정말 거의 없는 것 같은, 그런 기분이 들어서요. 이상하네요, 기억이라고는 아무것도 나지 않는데 왜 그런 생각이 들었을까요? 그런 생각은 하고 싶지 않은데.

그럼 생각하고 싶지 않다고 생각해 봐, 금방 생각하지 않게 될 테니까. 이곳에서 우리는 언제든지 그렇게 할 수 있거든. 나도 그렇게 할 수 있어. 그리고 더 많은,

아주 많은 여러 가지 일들도 할 수 있지. 다른 일들을, 식사를 하면서도 그렇게 할 수 있고 음악을 들으면서도 그렇게 할 수 있고 산책을 하면서도 그렇게 할 수 있어.

상대는 그렇게 말하며 먼저 부엌으로 걸어갔다. 부엌의 입구는 둥그런 아치형이었다. 발이나 커튼은 없었지만 부드러운 그림자가 보기 좋은 형태로 빛을 다듬으며 부엌을 다른 공간으로부터 구분 짓고 있었다. 나는 크지도 작지도 않은 그 부엌에 들어서는 순간부터 이곳이 매우 순수한 장소라는 것을 느꼈다. 눈에 보이는 것들 때문만이 아니었다. 그 부엌은, 뭐랄까, 인간에 의해 만들어진 것이 아닌 장소처럼 느껴졌다. 탄생하던 순간부터 지금에 이르기까지 어떤 믿음에도 종속되지 않고 그저 아주 자연스러운 상태로 그러한 모양을 갖게 된 것처럼 보였다. 부엌의 모든 사물이 숲이나 산에 자라난 나무의 뿌리나 줄기, 이파리처럼 인간적인 모든 것과 무관했다. 정말로 그런 일이 가능할까? 알 수 없었지만 알 수 없어도 상관없을 것 같았다. 나는 정체 모를 근사함으로 가득한 의자를 꺼내어 정체 모를 기분 좋음으로 가득한 테이블 앞에 앉았다.

널 위해 준비한 게 있어.

낯선 상대가 한 손으로 커다란 접시 아래쪽을 받쳐 들고 테이블로 다가왔다. 커다란 접시에 담긴 것은 흰쌀밥에 소로 오이만을 사용한 오이김밥이었다. 김밥 속 오이는 매우 싱그럽게 보이는 초록색이었고 윤기가 돌았다. 금방 만든 것처럼 싱싱했다. 그릇에서 김과 쌀과 오이 냄새가 풍겼다. 밥이 된 쌀에서는 더 이상 밥이 되기 전의 쌀 냄새가 나지 않는다. 영원할 것처럼, 분명하게, 밥이 된 쌀 냄새가 난다. 밥은 아직 살짝 따뜻했고 보기만 해도 먹음직스러웠다.

먹어 봐, 내가 좋아하는 거야.

고마워요.

나는 테이블 위 수저통에 꽂혀 있던 갈색 나무젓가락을 꺼내 들고 오이김밥을 젓가락으로 들어올려 입에 가져갔다. 나무젓가락에서는 희미하게 나무 냄새가 나고 김밥에서는 어김없이 싱그러운 오이 냄새가 났다. 물 같기도 하고 풀 같기도 한 오이 냄새가 입안 가득 퍼졌다. 오이는 놀랄 만큼 맛있었다. 이렇게 맛있는 오이를 먹어 본 것은 태어나서 처음이었다. 나는 그렇게 느끼는 동시에 어쩐지 석연치 않은 무언가를 깨달았다. 태어나서, 태어난 뒤로, 그 말이 몹시 낯설었다. 태어났다니? 그러나 나는 금세 그 기묘한 느낌을 잊고 오이김밥을 먹는데 열중했다. 그사이 낯설고 친절한 상대는 내 앞으로 또 다른 요리를 가져왔다. 이번에는 쑥국이었다. 나무로 된 국그릇에 뜨거운 쑥국이 담겨 있었다. 코가 얼얼할 만큼 진한 쑥 향기가 주위로 퍼져 나갔다.

이것도 먹어, 이것도 내가 좋아하는 거야. 나는 산에

서 쑥 찾는 걸 정말 잘해.

산에서요?

응, 나는 높은 산은 잘 못 가지만 야트막한 산은 가끔 다니거든. 산책을 하러.

저도 높은 산은 잘 못 가지만 야트막한 산이라면 싫어하지 않아요.

이 근처에는 숲도 있고 산도 있고 강도 있고 바다도 있어. 그리고 다른 것들도 있어.

나는 오이김밥 속의 오이를 아삭아삭 씹고, 쑥국을 홀짝홀짝 마셨다. 쑥국도 김밥만큼이나 놀랍도록 맛있었다. 이렇게 훌륭한 향기가 나는 쑥은 태어나서 처음 먹어 보는 것 같았다. 그리고 이번에도 태어나서, 태어난 뒤로, 태어났다는 전제를 통해 가능해지는 그 표현은 어쩐지 몹시 낯설었다. 마치 스스로가 한 번도 태어나 본 적이 없는 사람이 되기라도 한 것 같았다. 태어난다는 것, 태어났다는 것, 그런 것이 무엇인지 그 의미를 기억하기 귀찮은 것 같기도 했다. 게으름이 덩어리져 만들어 낸 것 같은 부연 장벽이 나와 나로부터 분리된 것들 사이를 가로막고 서 있었다. 장벽은 고요했다.

신기하네요. 산도 있고 강도 있고 바다도 있고 그리고 다른 것들도 있다니, 오랫동안 그런 곳에서 살아 보고 싶었던 것 같기도 해요. 제가 정말로 그런 생각을 했던 건지 아니면 원래 있던 곳이 아닌 다른 곳이라면 어디든 괜찮다는 생각을 하고 있었던 것뿐인지는 잘 모르겠지만.

네가 원했기 때문에 네가 여기 있는 거야. 그건 분명하고, 또 지금도 너는 원한다면 얼마든지 산도 없고 강도 없고 바다도 없고 그리고 다른 것들도 없는 곳으로 갈 수 있어.

나는 그 말을 잠시 곱씹어 보다가 물었다.

그렇다면 당신도 제가 원했기 때문에 여기 있게 되신 건가요?

상대는 약간 쑥스러운 것 같기도 하고 상기된 것 같기도 하고 한편으로는 긴장한 것 같기도 한 복잡한 표정을 지었다.

그건 조금 달라. 내가 여기 있기를 원했기 때문에, 너와 있고 싶다고 원했기 때문에, 그리고 네가 그것을 거부하지 않았기 때문에, 우리가 여기 이렇게 함께 있는 거야. 나는 너보다 좀 더 일찍 여기 와 있었고 너는 여기 오기를 거부하지 않았지.

그 말의 의미는 곧바로 이해가 되지 않았지만 그 느낌이 답답하지는 않았다. 답답함이나 초조함, 불안과 분리되어 독립적으로 자리하는 궁금증이 상대에 대한 정체 모를 호감과 더불어 나를 편안하고 용감하게 만들어 주고 있었다. 그리고 아무것도 불안하지 않으며 불필요한 어떠한 생각들에도 마음을 빼앗기지 않았기 때문인지 문득 돌연한 깨달음 하나를 얻을 수 있었다. 어쩌면 그것은 기억일지도 몰랐다. 이곳에서 나는 떠올리고 싶은 기억만을 떠올리고, 기억할 필요 없는 것을 기억하지 않으며, 기억하고 싶지 않은 것 또한 기억하지 않을 수 있게 된 것이다.

당신은 인간이 아니죠?

나는 상대를 바라보며 물었다. 상대는 잠시 나를 물끄러미 바라보다가 뺨과 관자놀이를 긁적이고, 미소를 짓고, 재채기를 하려는 듯 멈칫거리다가 갑자기 웃음을 터뜨렸다. 아무런 설명도 없이 돌연 조금씩 작아지기 시작했다. 키가 줄어들고 인간의 모습을 하고 있던 얼굴도 천천히 아래로 빨려 들어가듯 줄어들더니 이어서 모래색의 길쭉한 동그라미로 변하기 시작했다. 동그라미는 한쪽이 끝으로 갈수록 뾰족해지다가 끝내는 원뿔 같은 형태로 변했다. 원뿔의 꼭짓점은 자연스럽게 색이 짙어지더니 노랑이 모여 갈색이 되고 갈색이 모여 검정색이 되어 검고 작은 동그라미로 불거졌다. 작은 찰흙 구슬 같은 동그라미에는 약간 물기가 어려 있었고, 중심의 가느다란 선을 기준으로 왼쪽과 오른쪽에 각각 작은 구멍이 하나씩 자리 잡고 있었다. 그것은 조그맣고 검은 코였다. 코 뒤로는 길쭉한 입과 콧등의 옅은 반점, 원뿔의 보기 좋은 위치에 자리 잡은 두 개의 검은 눈이 이어져 있었다. 변화가 멈춘 순간 내 앞에 나타나 있는 것은 어느 부분은 노랗고 어느 부분은 갈색인 한 마리의 개였다. 개는 품에 가득 들어올 만한 크기였다. 크지도 않고 작지도 않았다. 그리고 인간의 모습이었을 때와 똑같은 분위기를 갖고 있었다. 개는 고개를 들어 나를 보며 차분하게 말했다.

내가 인간이라는 생각은 하지 않지만 그래도 요즘엔 이 모습일 때보다 인간의 모습을 하고 있을 때가 더 재미있어. 옛날에는, 아주 옛날에는 할 수 없었던 모습이니까.

나는 상대에게 물었다.

당신은 나의 개였나요?

아니, 우리는 한 번도 같이 산 적이 없지.

개는 꼬리를 살랑살랑 흔들었고 움직이는 꼬리는 바람을 맞이하는 봄날의 꽃송이 같았다. 바깥쪽에는 갈색 털이, 안쪽에는 흰색 털이 난 길고 복슬복슬한 꼬리였다. 꼬리는 몇 번 살랑거리며 흔들리다가 천천히 줄어들기 시작했다. 꼬리가 사라지고, 넓적한 귀가 사라지고, 흰자가 없는 흑갈색의 두 눈이 사라졌다. 뾰족한 입은 줄어들어 상대적으로 납작한 인간의 입이 되었다. 상대는 다시 인간이 되어 나를 마주했다.

그래도 나는 너와 함께 지내보고 싶었어. 너는 내게 가장 큰 행운이었거든.

나는 그 말에 깨달았다. 지금까지 나에게는 단 한 마

리의 개도, 잊지 않고 싶은 단 하나의 과거도 없었을 것이다. 그것이 지금 내가 아무것도 기억하지 않는 이유였다. 이제 우리는 기억하고 싶은 것만을 기억하고 상상하고 싶은 것만을 상상할 수 있었기에 새로운 나는 아무것도 기억하지 않는 것이다. 상대에게 더는 말뜻을 캐묻고 싶지 않았다. 그리고 되도록 빨리 지금 나눈 이야기를 등지고 필요한 것만을 기억하여 기억할 필요 없거나 기억하고 싶지 않은 것들로부터 더욱더 명민하게 멀어지고 싶었다.

당신을 뭐라고 부르면 좋을까요?

상대는 잠깐 머뭇거리다가 답했다.

내 이름은 낙엽이야.

나는 상대의 인간치고는 약간 커다란 눈동자를 잠시 들여다보았다. 단편적인 기억 하나가 잠시 나를 사로잡았다가 새벽 호수의 물안개처럼 부드럽게 사그라졌다. 낙엽, 그것은 나의 이름이었다. 내가 기억하지 않는 과거에 나를 지칭하던 이름이었다. 상대가 그 이름으로 자신을 부르겠다고 선택한 것은 그것이 나의 이름이었기 때문이었고, 나는 그러한 것을 설명 없이도 알 수 있었으나, 우리에게 무슨 일이 있었던 것인지 그 구체적인 일들을 알고 싶지는 않았다. 이제 나는 알고 싶지 않은 것들로부터 알고 싶은 것을 분리해 생각할 수는 있었기에 이 깨달음은 추측이자 기억이었다. 이것은 예감의 일부이기도 했다. 내 동거자의 이름은 가지에서 분리된 마른 잎사귀. 그리고 나에게는 이제 새로운 이름이 필요할 것이다. 내가 원하는 동안 이곳에서는 언제나 그 새로운 이름이 불리게 될 것이다. 그러나 만약 아무 이름으로도 불리고 싶지 않다면 어떻게 되는 것일까? 언제까지고, 영원히, 아무 이름으로도 불리지 않고 이름이 없는 사람으로 살아 보고 싶다는 욕망을 갖는다면 (그것이 정말로 영원히 그 형태와 그 내용과 그 울림으로 이루어진 욕망일지에 대한 부차적인 확신을 차치하고) 당장의 욕망에 충실하게 살아 볼 수는 있는 것일까? 나는 무엇에 대해서도 그 한계를 시험하고 싶지 않았지만 한편으로는 의문으로 선택을 대체하려는 버릇을 갖고 있었다. 아무래도 이 버릇은 나 자신이나 다름없이 사랑받아 온 것이기에 아직도 나의 일부이자 나의 전체로 존재하고 있는 것 같았다. 나의 이러한 생각을 짐작이라도 한 것인지, 아니면 당장 우리에게 이름이 절실한 것은 아니었기 때문인지 낙엽은 내 이름을 묻지 않았다. 그것을 묻지 않는다는 사실을 의식하는 듯 어색한 분위기를 주도하지도 않았다. 낙엽, 나의 새로운 낙엽, 나는 낙엽을 낙엽이라고 부르기로 하고 또 낙엽의 부탁에 따라 존댓말을 쓰지 않고 편하게 말을 주고받기로 결정했다.

서로가 누구인지 조금 알게 된 뒤 우리는 다시 식탁에 나란히 앉아 쑥국과 오이김밥을 먹었다. 김밥을 먹으며 곰곰이 생각해 보니 이 부엌의 천장은 울창한 숲속에서 올려다보는 머리 위의 풍경과 닮은 것 같았다. 기이할 정도로 강인하고 고혹적으로 자라난 커다란 나무들이 머리 위에서 가지를 드리우고 있는 것처럼 보이는 형태였다. 이 천장이 이런 모습을 하기를 원한 것은 과연 누구였을까? 나였는지 아니면 낙엽이었는지 알 수 없었다. 둘 중 누군가의 취향이 반영된 결과물인 것은 분명했다. 우리는 이제 우리가 원하는 장소에서 지낼 수 있고 장소들은 언제나 우리가 원하는 형태로, 때로는 불쾌함이나 위태로움마저도 우리의 무의식이 기대하는 방식으로 등장할 것이다. 그 사실에 대한 배움이자 깨달음이며 예감인 무언가가 어느새 자연스럽게 나를 설득하고 있었다.

부엌 한편에는 냉장고가 있었고 냉동실을 여니 아이스크림들이 들어 있었다. 나는 녹차아이스크림을 꺼내 먹으며 이렇게 녹색으로 된 음식만을 계속 먹다 보면 내 몸이 녹색으로 변할 수도 있을지, 녹색으로 된 인간의 몸으로부터 착안하여 언젠가는 나도 (개의 모습이 되거나 인간의 모습이 되는 다양한 선택지를 가진 낙엽이 그러하듯) 게발선인장이나 늦여름의 버드나무 잎사귀 같은 익숙하지만 결코 나일 수는 없었던 다른 것이 되어 볼 수 있을지 상상해 보았다. 낙엽은 아이스크림을 먹지 않고 차를 마셨다. 투명한 갈색 찻물에서는 무겁고 좋은 냄새가 풍겼다.

식사를 마치고 나는 낙엽에게 휴대전화에서 음악이 흘러나오고 있는 방에 대하여 물어보았다. 낙엽은 그것이 자신의 연구의 일부라고 설명했다. 낙엽이 하고 있는 연구는 음악의 유무 여부에 따라 빈 화분에서 식물이 자라나는 속도가 각각 어떻게 차이를 보이는지에 관한 것이라고 했다. 나는 화분이 비었는데 어떻게 식물이 자랄 수 있느냐고 물었고, 낙엽은 먼지에 대한 이야기를 시작했다. 열린 창문에서 들어오는 바람과 먼지가 쌓여 화분에 점점 흙이 생겨나고 어느 틈엔가 바람을 타고 날아온 씨앗이 화분에 자리 잡아 거기서 무언가가 자라나게 될 것이라는 이야기였다. 낙엽은 이미 그러한 식물 기르기가 가능하다는 것을 초기 연구를 통하여 입증해 보였다고 했다. 낙엽은 주머니에서 휴대전화를 꺼내 앨범을 열고 나에게 사진 몇 장을 보여 주기도 했다. 작은 풀 한 포기가 찍힌 사진이었다. 사진 속의 풀은 확대되어 실제보다 커다랗게 찍혀 있는 것 같았고, 풀의 줄기와 잎은 모두 매우 가느다랗고 섬약했다.

낙엽아, 음악이라는 변수에는 어떻게 착안하게 된 거야?

내 방에서는 항상 음악을 틀어 놓는데, 내 방에 있던 빈 화분에서 빈방에 있던 다른 화분에 비해 조금 더 빨리 싹이 나는 일이 몇 번인가 반복됐어.

그런 일이 몇 번이나 반복될 만큼 여기서 오래 지낸 거야?

낙엽은 대답하지 않고 웃었다.

우리는 음악과 주홍색 커튼과 빈 화분이 있던 방으로 가서 소파에 앉았다. 소파는 약간 낡은 것이었기에 새 소파보다도 더욱 푹신하고 안락했다. 심하게 낡아 버리기 전 기분 좋게 낡아 있는 소파는 새 소파와는 비교할 수 없을 만큼 안락하고 편안하다. 안락한 소파에 누워 있다 보니 무덤이 떠올랐고, 죽어서 무덤에 들어가게 된다면 반드시 관 없이 곧바로 흙에 묻히고 싶다는 생각이 들었다. 축축하고 검은 흙이 나의 살을 둘러싸고 천천히 부패를 진행해 나갈 것이다. 희거나 노란 벌레, 심지어는 붉거나 검은 벌레가 나의 살을 파고들 때 나는 그저 평화롭게 깊은 잠이 든 것 같은 느낌 외에는 아무것도 느끼지 못하고서 죽어 있을 것이다. 아니면 죽음은 전혀 다른 느낌일 수도 있을 것이다. 나는 작은 벌레가 살갗에 머리를 올리는 것 같은 느낌에 고개를 숙여 팔을 내려다보았다. 낙엽의 미지근하고 기다란 손가락이 내 팔에 살짝 닿아 있었다. 나는 낙엽에게 휴대전화에서 나오는 것이 무슨 노래인지 물었고, 왜 다른 음향 기기가 아닌 휴대전화로 음악을 틀어 놓았는지 물었다. 낙엽은 나의 질문들에 차례로 대답해 주었다. 음악은 내가 모르는 젊은 남자가 부르는 노래, 슈만 작품인 듯한 피아노 연주곡, 더 러빙 스푼풀(The Lovin' Spoonful)의 「데이드림(Daydream)」을 거치며 한동안 이어졌다. 화분에서 무언가가 자라나는 것 같은 기색은 없었다.

What a day for a daydream
Custom made for a daydreaming boy
And I'm lost in a daydream
Dreaming 'bout my bundle of joy

번들 오브 조이라는 「데이드림」의 가사는 어쩐지 바구니에 담겨 있는 조이라는 이름의 달걀들을 연상시켰다. 어떤 이유로 그 달걀들에게 조이라는 미국 여자아이 같은 이름이 붙여졌는지에 대해 나는 짧고 뻔하지만 경쾌한 이야기를 금세 떠올릴 수 있을 것 같았지만 실제로 그런 이야기를 상상하지는 않았다. 그 대신 나는 노래를 들으며 자연스럽게 잠이 들었다. 낙엽이 나를 돌아보는 것 같기도 했고, 잠에 빠지며 얼핏 낙엽이 재채기하는 소리를 들은 것 같기도 했으며, 그보다 조금 더 시간이 지나서는 낙엽의 몸에서 털로 뒤덮인 포유류 특유의 냄새를 맡은 것 같기도 했다. 낙엽에게서 개의 냄새가 나는구나. 나는 벌써부터 이 냄새를 좋아하게 된 것 같구나. 잠을 자는 동안 음악은 자꾸만 다른 것으로 바뀌었다. 해는 오랫동안 그 자리에 멈추어 있었다.

조이라는 여자아이에게는 다섯 개의 달걀이 있었지. 달걀들은 저마다 조이라는 이름들을 갖고 있었고, 여자아이와 다섯 개의 조이들은 조그만 방에서 시간이 멈추어 더는 무엇도 변하지 않기를 바라며 조심스럽게 정교한 균형을 유지하고 있었지. 조이는 다른 조이들에게 변화가 무엇인지 설명해 주었고 그때마다 부화를 모르는 다섯 개의 조이들은 껍질 속으로 더 작게 웅크리며 잠이 되지 않는 졸음, 물결이 없는 바다, 희고 가벼운 거품, 계절이 없는 호수, 폐허가 된 유적지의 하늘에 관해 말했어. 그런 것들로 영원히, 영원히, 이야기의 주제를 바꾸어 놓고 싶어 했지. 조이는 네잎클로버를 갖고 있었고, 그건 그들에게 기쁨과 행운이 모두 깃들어 있다는 의미였어.

나는 잠에서 깨어나 조금 전까지 꾸고 있던 꿈에 대해 낙엽에게 이야기해 주고 싶었지만 입을 열자 꿈은 금세 자취를 감추었다. 문장이 될 수 없는 희미한 흔적들이 입안을 맴돌다가 사라진 꿈의 형체를 따라 없어졌다. 낙엽은 벌써 잠에서 깨어나(아니면 처음부터 잠들지 않았던 것일까?) 화분을 살펴보고 있었다. 화분에서 무언가 자라나 있을 거라고 기대하는 것 같지는 않았다. 화분은 여전히 비었고 음악은 어느새 멈추었으며 방 안에서는 온통 햇볕 냄새가 났다. 낙엽은 내게 좋은 꿈을 꾸었냐고 물었고 나는 그렇다고 답했다.

이제 무엇을 하고 싶어?

모르겠는데.

그럼 네 방에 놓을 물건들을 사러 가는 건 어떨까 산책도 할 수 있고 또.

낙엽은 조금 신이 난 듯이 말을 계속했고, 그사이 개의 모습이었을 때 갖고 있던 꼬리가 다시금 나타나 살랑살랑 흔들렸다. 옷을 뚫고 꼬리가 나타나다니 옷에 저절로 구멍이 생기기라도 한 것일까? 옷 밖으로 꼬리가 나와 있는 것이 신기해서 나는 무심코 낙엽의 꼬리와 엉덩이가 이어진 부분에 시선을 빼앗겼고 낙엽은 그것을 금세 눈치채며 꼬리를 다시 감추었다. 나는 낙엽의 꼬리가 마음에 들었기에 낙엽이 조만간 꼬리를 다시 되돌려 놓아 주기를 바랐다. 언젠가 훗날에는 낙엽의 꼬리털을 빗겨 주고, 꼬리가 아닌 부분의 털도 더불어 빗겨 주고 싶기도 했다. 우선 우리는 털을 빗거나 꼬리를 드러내는 일에 대해 상의하는 대신 내 방에 둘 물건들을 사기 위해 외출을 하기로 했다. 낙엽은 산책을 좋아하는 것 같았고, 산책을 나가는 일과 더불어 산책이라는 단어와 그 울림 또한 실제 행위 못지않게 사랑하는 것 같았다.

외출을 하기 전 나는 혼자서 내 방을 잠깐 들여다보았다. 문틈으로 보이는 방은 사방의 벽이 희고 둥글어서 마치 속이 빈 하얀 알껍데기의 안쪽 같은 모습이었다. 알이라면 무엇이 부화하려 했던 알이었는지 알 수 없었고, 아니면 나 자신이 저 알을 안쪽에서부터 도려내고 문을 만들어 바깥으로 걸어 나온 무언가일지도 몰랐다.

문은 언뜻 텅 빈 것처럼 보였던, 주홍색 커튼이 드리워지고 빈 화분과 휴대전화가 놓여 있던 방에 설치된 문과 똑같은 형태를 하고 있었다. 알 모양을 한 방 안은 저 방에 들어가거나 나올 수 있는 나를 제외하고는 휴대전화가 놓여 있던 방보다도 더욱 텅 빈 모습이었다. 방 안의 어떤 것도 문과 대칭을 이루지 않았기에 방은 아직 어떤 꼭짓점도 형성하지 못하는 상태라고 할 수 있었다. 꼭짓점이 없다면 도형도 찾아낼 수 없었다. 빈 곳에는 공기가 가득할까? 나는 지금 공기를 통해 호흡하고 있는 것일까? 알 모양을 한 방 안에는 공기가 아니라 무게가 희미하고 촉감이 부드러운 액체가 들어 있을 것 같기도 했다.

알 같은 방의 모습은 아마도 내가 원한 것일 테고, 그래서인지 방의 모습은 외면하고 싶은 동시에 부정할 수 없이 나의 마음을 사로잡았다. 언어보다는 곡선이나 직선, 부피와 질량이 덜 부끄러운 표현의 방식을 마련해 주고 있었다. 나는 15센티미터 정도 열려 있는 문의 틈과 그 사이로 바깥에서 안쪽을 향해 새어 들고 있는 빛을 바라보았다. 문에 손을 가져가자 건조하고 단단한 나무 문의 표면이 느껴졌다. 기계로 만들어 냈다고는 생각되지 않는, 그럼에도 매우 정교하고 명확한 직선이 문의 영역을 구획하고 있었다. 나는 하나의 영역을 다른 영역에 접목시키는 듯한 기분으로 문을 닫았다. 두 개의 영역이 맞물려 나로부터 등을 돌렸다. 문 닫힌 방은 낙엽의 연구물인 빈 화분처럼 비어 있었고, 나는 닫힌 문을 향해 짧게 콧노래를 흥얼거렸다. 이것은 낙엽의 실험으로부터 파생된 새로운 실험이 될 수 있을 것이다. 나는 문 닫힌 방에서 노래를 듣고 자라나는 식물을 상상해 보았다.

낙엽아, 내 방에도 음악을 들려주면 음악을 들려주지 않았을 때보다 더 빨리 무언가 식물 같은 게 자라날 수 있을까?

네 방은 화분이 아닌데?

그럼 안 될까?

낙엽은 고개를 갸우뚱하더니 모르겠다고 답했다. 우리는 깨끗한 옷을 입고 집 밖으로 나갔다. 밤이 다가오는 어슴푸레한 하늘 아래 건물들로부터, 희거나 회색이거나 거울 같은 유리로 된 도시 건물들의 사각형 창문들로부터 노랗거나 흰 빛이 새어 나오고 있었다. 공기는 누군가 공들여 준비해 놓은 요리처럼 향긋했다. 먹을 수 있는 음식처럼 맛있었다. 도시 뒤에는 먼 숲이, 우리의 집 뒤로는 가까운 숲이, 숲 너머로는 바다가 존재했다. 나는 그 장소들이 바로 거기 있다는 사실을 목격하지 않고도 감각할 수 있었다.

낙엽과 나는 마트에서 필요한 물건을 마련하고 내일 먹을 음식 재료를 구입할 계획이었다. 나는 마트에 입점해 있는 전자 기기 코너에서 텔레비전과 컴퓨터를 구입했다. 낙엽은 내게 신용카드를 한 장 주었고, 나는 카드에 연결된 통장이나 그 통장의 잔고, 잔고의 출처를 궁금해하지 않으며 그것으로 물건의 비용을 결제했다. 텔레비전은 내일 낮 집으로 기술자들이 찾아와 직접 연결을 해 주기로 한 반면 컴퓨터는 곧바로 가져갈 수 있었다. 나는 컴퓨터를 사고 나서 잠깐 고민하다가 노트북과 태블릿도 구입했다. 한꺼번에 전부 들고 돌아갈 수 있을까? 낙엽이 걱정하며 나를 조금 말렸지만 나는 고집을 부렸다.

마트에서 카트를 한 대 훔치자. 그러면 집까지 쉽게 가져갈 수 있어.

카트를 훔치면 들키지 않을까?

그럴지도 모르지만 눈치를 잘 살피면 들키지 않을 거야. 잠깐 쓰고 나중에 돌려 놓자.

우리는 그리 멀지 않은 거리를 택시를 타고 돌아가고 싶지 않았고(나는 멀미가 심했고 낙엽은 차 냄새를 싫어한다고 했다.) 전자 기기 코너를 떠나 마트 안의 작은 서점에 들른 다음 식품 코너로 가서 내일 먹을 음식 재료까지 준비하고 나니 우리가 산 물건들은 점점 더 많아져서 도저히 손으로 들고 집에 돌아갈 수 없을 정도였으므로 낙엽은 결국 내 제안을 받아들였ⓒ다. 나는 계란 한 판과 손질된 파 한 단, 토마토 한 상자, 손질된 연어 한 팩, 손질된 아스파라거스 한 팩, 요구르트 한 묶음, 개별 포장된 아이스크림 네 개, 우유, 과자 두 봉지, 껍질을 간 호두 한 봉지, 잡지 한 권, 시집 한 권, 태블릿, 노트북, 컴퓨터가 담긴 카트를 밀고 계산대로 가서 계산을 마친 다음 자연스럽게 1층 주차장 쪽으로 향했다. 주차장에 주차된 차들 사이로 카트를 밀고 걸음을 옮기며 점점 더 마트로부터 멀어지다가 결국은 주차장의 경계마저 벗어났다. 낙엽은 긴장한 얼굴로 내 뒤를 따랐다.

가구 매장은 내일 가자.

그래 낙엽아, 가구는 좀 더 고민해서 고르고 싶기도 하니까 오늘 사지 않아도 괜찮아.

침대도 사고 커튼도 사고, 또 책상도 사고 의자도 사고, 그런 걸 다 준비하려면 당분간은 꽤 정신이 없을 텐데.

낙엽은 중얼거리며 뒤를 돌아 멀어지는 마트를 바라

보았다. 나는 카트를 조금 더 빠르게 밀며 아무도 우리를 붙잡지 않을 것이라고, 들키지 않고 운 좋게 집까지, 기분 좋게 집까지, 걱정 없이 집까지 돌아갈 수 있을 것이라고 확신했다. 모든 확신은 폭력의 일종이었으나 그 순간 그 폭력은 나를 행복하게 만들어 주었다. 타협이 없고 굴종이 없으며 불안을 은폐하는 것이 아니라 그저 불안을 필요로 하지 않는 명쾌한 행복의 폭력이 나를 즐거움의 한복판으로 이끌고 있는 듯한 느낌이 들었다. 마트에서 훔친 카트를 밀며 떠올리기에는 좀 유치한 느낌이기는 했지만. 나는 다시 카트를 미는 데 열중했다. 곧 신호등이 서 있는 횡단보도가 나타났다. 건너편 신호등 아래서는 교복을 입은 학생 셋이 서로를 보며 웃고 있었다. 낙엽과 나는 잠시 멀찍이 떨어진 그들을 바라보다가 카트에 담긴 물건들 사이에서 아이스크림을 꺼내 포장을 뜯고 입에 넣었다.

아이스크림은 새콤하고 차가웠다. 이윽고 신호가 바뀌자 학생들은 우리와 우리의 카트를 잠깐 힐끔거리다가 다시 그들끼리 웃고 떠들며 우리와 반대편으로 사라졌다. 날벌레 몇 마리가 신호등 근처를 날아다녔고 그중 한두 마리가 우리 곁으로 날아왔다가 낙엽의 손짓에 다시 어디론가 사라졌다. 건물들 사이로 우리가 사는 단독주택의 모습이 나타났을 때 나는 다 먹은 아이스크림 막대기를 한 손에 들고 다른 손으로 눈가를 닦았다.

어느 순간 조금 울고 싶어졌기 때문인지 눈물이 흐르고 있었다. 눈물은 아주 적은 양이었으며 소리 내서 울고 싶은 기분은 아니었기에 낙엽은 내가 운 것을 모르는 눈치였다. 아니면 그냥 모르는 척한 것일 수도 있겠지만, 그렇다면 이 개이자 사람이며 다른 무엇이 될 수도 있을 낙엽은 보기보다 연기에 능숙한 것이 분명했고, 언젠가 낙엽은 지금 하는 연구에 흥미를 잃고 난 뒤 연기와 관련된 새로운 일을 시작할 수도 있을 터였다. 연극 무대에서는 낙엽, 자신이 아닌 다른 존재를 연기하는 낙엽, 극 속에서 언제나 새로운 존재로 재등장하는 낙엽, 구름처럼 희고 사막처럼 모래 색깔이며 때로는 구름보다도 더욱 새하얀 소금 사막 같은 낙엽, 꼬리를 흔들고, 코를 킁킁거리고, 요리를 하고, 산책은 좋아하지만 모험은 두려워하는 낙엽, 나는 낙엽의 여러 모습을 상상한다. 낙엽과 함께 집으로 돌아온다. 낙엽, 한때는 내 것이었던 이름을 가진 영혼과 나의 집.

집으로 돌아와 컴퓨터와 노트북과 태블릿을 옮겨 놓기 위해 내 방의 문을 열자 거기에는 외출하기 전까지 없었던 것이 생겨나 있었다. 실험이 성공했다고 보아야 하는 것인지 알 수 없었다. 나는 놀랍고 당황스럽고 심지어는 부끄러워서 그 사실을 낙엽에게 곧바로 알리지 못했다. 우리는 함께 다른 짐들의 정리를 마쳤고, 낙엽이 욕실에서 샤워를 하는 동안 나는 혼자서 여전히 알의 형태를 하고 있는 방의 문을 열었다. 안으로 들어가 문을 닫고 이제는 비어 있지 않은 방의 풍경을 바라보았다. 그곳에는 여전히 수초가 있었다. 얕은 물에 담긴 수초는 잘라 낸 꿈의 일부 같았다.

둥그런 알 같은 방의 바닥은 벽과 마찬가지로 중심부가 오목해질 만큼 완만한 곡선을 그리며 휘어졌고, 바닥의 오목한 부분에는 투명한 물이 고여 있었다. 물은 투명했지만 얼핏 연녹색인 것처럼 보이기도 했다. 물을 오염시키듯 번져 있는 가느다란 수초 줄기와 잎사귀가 물의 빛깔마저 지배하고 있었다. 수초는 물속 가득 일렁거리고 있었기에 그 정확한 크기를 가늠하기 어려웠다. 물이 없는 바닥에 펼쳐 놓으면 내 몸의 절반 길이일 것 같기도 했다. 연약해 보이는 줄기마다 미숙한 열매처럼 보이는 작은 잎사귀들이 자라나 있었다. 잎사귀와 줄기는 하나같이 완벽한 녹색이었다.

나는 느닷없이 나타난 이 식물에 대해 낙엽에게 빨리 말해 줘야겠다고 생각하는 동시에 이것을 아무도 모르게 빨리 없애 버려야 하는 것은 아닐지 잠깐 고민했다. 고민은 길게 가지 않았다. 샤워를 마친 낙엽은 낯선 냄새를 맡고 내 방으로 다가왔고, 방 한가운데에 생겨난 수초를 발견했다. 낙엽은 예상보다 침착했다.

잠시 수초를 바라보던 낙엽은 곧 부엌의 커다란 서랍

을 열어 유리로 된 직사각형 통 하나를 꺼냈다. 뚜껑을 분리하자 통은 수조처럼 보였다. 우리는 임시 수조와 함께 알 모양 방 가운데서 수초를 중심으로 모여 앉았다. 낙엽이 먼저 물웅덩이로 양손을 모아 내밀었다. 손으로 녹색처럼 보이던 물을 떠서 임시 수조 안에 쏟아 넣었다. 수조 속으로 쏟아진 물이 유리 벽면에 부딪히는 소리가 이어졌다. 나는 낙엽을 도와 수조에 물을 옮기기 시작했다. 우리는 둘 다 아무 말도 하지 않았기에 침묵 속에서 물이 유리에 부딪히는 소리만이 반복되었다. 수조에 물이 절반 이상 올랐을 때 비로소 손으로 물을 옮기는 대신 부엌에서 컵을 가져오는 편이 편리했을 것이라는 생각이 들었다. 지나치게 당황하고 신중해져서 그만 손부터 내밀고 말았던 모양이다. 낙엽은 남아 있는 물 속으로 조금 더 조심스럽게 두 손을 넣었다. 가느다란 줄기와 작은 잎들을 훼손하지 않으려는 듯 천천히 수초를 들어 올려 수조 속으로 옮겼다. 물을 옮길 때와 달리 수초는 조용하게 물속으로 가라앉았다. 바닥으로부터 보일 듯 말 듯 간격을 두고 떠올라 느리고 부드럽게 흔들렸다. 수초가 빠져나가자 바닥의 물은 더욱 얕게 줄어들었다.

수초를 옮기고 난 뒤 낙엽은 수건을 두 장 가져와 바닥에 고여 있던 물을 닦았다. 나는 낙엽에게서 한 장을 받아 바닥을 문질렀다. 물기를 없애고 나니 방은 얼핏 처음과 같은 모습으로 돌아온 것처럼 보였다. 그러나 이제는 방에 수초 수조가 놓여 있었다. 녹색으로 빛나는 유리 수조는 불빛을 먹이로 삼는 살아 있는 보석 같았다. 낙엽과 나는 둘 다 수초를 기르는 법을 몰랐지만 이렇게 갑자기 나타난 수초를 없애 버리는 것도 내키지 않았다. 우리는 일단 수초를 기르기로 합의했다. 내일 해야 할 일이 더 늘어난 것이다. 이제 우리는 가구를 준비하고 장을 보는 동시에 수초를 기르기 위해 무엇이 필요한지 알아보고 필요한 도구가 있다면 그것을 마련해야 했다.

내가 얼마나 서툴거나 어리석은지와 무관하게 수초는 일단 우리가 기르기로 한 이상 훼손되지 않고 처음처럼 물속에서 둥실둥실 잎과 줄기를 흔들며 살아갈 것이다. 또는 언젠가 훼손의 과정이 도래할 때조차 그 과정은 우리가 기대하고 원하는 방식으로만 진행될 것이다. 그것이 이곳의 법칙이었으며 그 법칙은 영원했다.

낙엽아, 오늘은 내 방에 아무 가구가 없는데 네 방에서 같이 자게 해 주지 않을래?

아무것도 없는 방은 조금 낯설어

수초가 있기는 했지만 나는 수초 수조를 일단 거실로

옮겨 놓을 생각이었다. 내일 다른 가구들을 사고 나면 당분간은 가구를 배치하고 정리하느라 방이 어수선할 것 같았기 때문이었다. 낙엽은 나의 부탁을 들어주었고 나는 낙엽의 침대에 누웠다. 침대는 1인용이어서 둘이 눕기에 조금 좁았다. 잠들기 전 낙엽은 마치 내게 미안 해할 필요 없다는 듯이 아무 말도 하지 않고 개로 변했 다. 개가 된 낙엽은 인간의 모습일 때보다 훨씬 작았다. 그리고 더욱 푹신거렸다. 낙엽은 나보다 먼저 잠이 들었 다. 아마도 나를 위해 평소보다 바쁘게 지내느라 피곤 한 것 같았다. 나는 잠든 개가 새근새근 숨을 쉬고 살짝 코를 골며 자는 소리에 자연스럽게 귀를 기울였다. 일정 한 간격으로 반복되다가 이따금 거칠어지기도 하고 잠 시 멈추기도 하는 그 소리는 아주 작게 연주되는 재즈곡 같기도 했다. 텔로니어스 멍크를 연상시키기도 했고 약 간은 브래드 멜다우 같기도 했으나 그들이 연주하는 곡 보다 감미로웠다. 나는 낙엽이 깨지 않도록 조심스럽게 낙엽의 등과 목덜미를 만져 보았다. 길지도 짧지도 않은 갈색 털과 갈색 털에 비해 한결 부드러워 솜털처럼 느껴 지는 흰 털을 살짝 쓰다듬었다. 낙엽은 계속 코를 골았 다. 동그란 낙엽의 머리통과 얇고 긴 귀와 귀를 덮은 털, 복슬거리는 목덜미와 등, 갈대 같은 꼬리가 낙엽의 호흡 을 따라 위로, 아래로, 위로, 아래로 움직이기를 반복했 다. 누군가 낙엽이라는 조그만 풍선에 숨을 불어 넣었다가, 들이쉬었다가, 다시 불어 넣기를 계속하는 것 같기도 했다. 낙엽은 깊게 잠이 들수록 웅크리고 있던 발을 내 쪽으로 뻗었다. 네 개의 발에는 앞발에 각각 세 개씩, 뒷발에 각각 네 개씩 검거나 갈색인 발톱이 자라 있었다. 나는 낙엽의 발톱을 만지려다가 그만두었다. 낙엽의 잠을 방해하고 싶지 않았다.

나는 침대 가장자리에 반듯하게 누워서 잠을 청했다. 새벽이 되어 낙엽보다 일찍 잠에서 깨었다. 낙엽은 새벽이 되어서도 한밤중에 그랬던 것처럼 깊이 잠들어 있었다. 나는 낙엽이 깨지 않도록 조심해서 몸을 일으키고 거실로 나왔다. 기묘한 흥분이 뒤늦게 찾아와 나를 짓누르고 뭉개며 두드리고 있었지만 그 감각은 이곳에 처음 왔을 때 그랬던 것처럼 조금도 괴롭지 않았다. 재미있는 꿈을 꾼 듯한 익숙한 느낌이 들기도 했고, 꿈은 이번에도 이야기가 되기 전에 사라졌다.

무엇을 잊고 있는 것일까?
망각된 것은 장소의 이름이자, 과정의 고통이며, 단 하나의 흠 없는 인과
내가 이곳에 오기 위해 들어야만 했던 부름이다

휴대전화와 빈 화분이 놓여 있던 방에서는 여전히 작은 소리로 음악이 흘러나오고 있었다. 음악은 밤새 멈추

지 않고 이어진 모양이었다. 이번에도 나오는 음악이 무엇인지 알아맞힐 수는 없었다. 나는 낙엽이 잠에서 깨기 전에 미리 아침 식사를 준비해 두기 위해 부엌으로 갔다. 부엌은 어제와 같이 근사했으나 낙엽 없이도 식사 준비를 제대로 할지, 재료들이 놓인 곳을 제대로 찾아낼 수 있을지, 알 수 없었다. 나는 우선 무엇부터 시작하면 좋을지 고민하며 식탁의 의자를 꺼내 앉았다. 식탁 가운데에는 새벽빛을 받은 수초 수조가 놓여 있었다. 저 수초에게도 종과 이름이 있을 텐데 어떻게 하면 그런 것을 알아볼 수 있을까? 나는 수초의 이름을 무엇이든 되도록 많이 떠올려 보려 했지만 마리모나 연꽃, 부레옥잠, 개구리풀, 물미역까지를 생각해 내는 게 한계였다. 한번 수초의 종류가 궁금해지니 궁금증을 견디기가 어려웠다. 나는 어제 산 태블릿을 가져와 수초의 종류를 검색해 보았다. 음성 수초와 양성 수초의 구분에 대해 읽고 전경 수초와 중경 수초와 후경 수초가 무엇인지 이해하며 검색엔진에서 제공되는 이미지들을 살피면서 내 수초와 비슷한 생김새를 가진 수초를 찾았다. 하지만 수초들은 예상보다 다양했고 그 이미지들 또한 끝이 없을 것처럼 많았다. 붉거나 보랏빛인 수초들도 있었지만 초록색 수초 사진들이 더 많았고 압도적인 초록색의 나열에 나는 곧 지쳐 버리고 말았다. 낙엽이 일어나면 낙엽과 함께 천천히 하나씩 알아 나가는 게 좋을 듯 싶었다. 수초의 종류가 무엇인지 찾아내고, 필요한 것들을 구입하고, 어제 계획했던 것들을 느리지만 꾸준하고 차분하게 해 나가는 것이다. 우리는 그렇게 하고자 한다면 정말로 그렇게 할 수 있을 것이다. 어떠한 차질이나 작은 괴로움, 피로가 찾아온다 해도 모든 것은 우리가 기대하는 방식으로만 도래할 것이다. 그것이 이곳의 법칙이고 그 법칙은 영원할 것이며, 이곳은 이전까지 우리가 있던 곳과는 전혀 다른 곳이었다. 하나로 분류될 수 없는 장소이며 영원하고도 근원적인 법칙에 따라 구분되는 장소.

나는 새삼 죽음에 대해 생각했다.

낙엽은 그런 말을 하지 않았지만 나는 처음부터 내가 어째서 이곳에 와 있는지 느끼고 있었다. 그 느낌은 불안하지도 괴롭지도 답답하지도 않았으며 그저 하염없이 영원할 것처럼 나와 낙엽과 이 집과 집을 둘러싼 도시와 산과 바다와 하늘, 그 밖의 모두에게 존재하고 있었다. 사후 세계란 이런 것이었구나, 나는 죽고 나서야 비로소 그 사실을 깨닫게 된 것이다.

낙엽아, 귀여운 낙엽아, 너는 아무것도 기억할 필요가 없어

우리는 여기서 영원히 평화롭게 살아갈 거야

살아간다는 말이 얼마나 이상하고 즐거운지 나는 혼자서 웃음을 터뜨렸지만 그 웃음이 낙엽을 깨울 만큼 거세지는 않기를 바랐다. 언젠가 우리는 필요한 모든 것을 알게 되겠지만 어떤 시간이 흘러도 필요하지 않거나 바라지 않는 것에 대해서는 은닉이나 유예조차 불필요할 만큼 완벽한 무지를 유지할 것이다. 이 세계에는 마치 그런 것이 원래부터 없었던 것처럼 무지로써 불완전한 완전을 획득할 것이다. 이곳 아닌 세계에서의 불완전은 이곳에서의 완전이다. 나는 웃으면서 낙엽을 위해 아침 식사를 준비하기 시작했다.

작가의 말

돌이켜 보면 내가 글을 쓰기 시작한 건 두려움 때문이었다. 소중한 존재를 잃어버리게 될까 봐 늘 두려웠다. 내 어린 시절은 그런 두려움을 이겨 내기 위한 발버둥이었고 좀 더 자란 뒤에도 나는 줄곧 두려움을 떨칠 수 없었다. 2018년 봄, 할아버지가 돌아가셨다. 정확히는 외할아버지지만 나는 한 번도 할아버지를 외할아버지라고 부른 적이 없으니 이 글에서도 여전히 할아버지라는 부름이 더 익숙하다. 할아버지의 죽음 이후 다시는 예전의 나로 돌아갈 수 없을 것이라는 확신이 들었다. 지금도 그 느낌은 변함없다.

이 단편집으로 묶인 작품 가운데 어느 것은 할아버지의 죽음 이전에, 어느 것은 죽음 이후에 쓰인 글이다.

다시는 돌아갈 수 없을 시간들을 책으로 묶는 기분이
이상하다. 나는 사후세계에서 할아버지를 다시 만날 것
을 믿고 있다. 그때까지 좀 너 풍요롭고 느긋한 마음을
갖고 싶다.

2019년 여름
최영건

혼잣말하는 취미를 들킨 기분이다. 내가 예상하지도 못한 다음 말마디까지 알아채는 소설들을 읽었다. 잘라낸 꿈의 일부와 폐허에 가까운 건축물들이 그려진다. 투조(透彫)하는 방식으로. 최영건 소설의 심해에는 몰락한 세계가 있다. 사소한 차질에 훼손되지 않고 처음처럼, 원래 거기 있었던 것처럼, 혹은 없었던 것처럼, 영원한 법칙을 가진 세계. 여기 없는 것이 거기에는 그토록 분명하다. 철골과 뼈대만 남아 앙상한 공간에서 중얼거리며 언어를 조탁하는 노인, 귀 옆으로 죽음이 육박해오는 모든 사람. 이렇게나 망했지만 놀랍게도 아름답고 생생하고 활기찬 환각으로 가득하다. 사랑하는 이의 죽음 너머를 걱정하는 무한한 다정함, 적극적인 체념, 긍정적인 공허함, 이런 것들을 달리 뭐라고 설명할 수 있을까. 그 나름의 질서와 규칙 속에서, 둥실둥실 저 혼자 살아가는 수초처럼 허약하고도 견고한 소설의 환상. 다름아닌 최영건 소설이다.

최영건의 『수초 수조』를 읽으면 미세한 속도로 조금씩 무너져 내리는 목재 저택이 떠오른다. 아주 오래되고 거대하며 아름다운 목재 건축물, 그리고 그 안에 깊이 스며들어 있는 음산하고 오싹한 느낌. 어두움과 습기를 머금고 있는 나무 기둥과 바닥의 벌어진 틈. 멀리서 보면 고요하고 우아한 이 건축물은 가까이 다가갈수록 온통 예민한 균열로 이루어져 있다. 이 균열로 인해 저택은 겉으로는 알아차리지 못할 속도로 서서히 갉아 먹히고 부서지고 무너져 내린다. 어쩌면 이것은 우리가 살아가는 인생 자체에 대한 메타포다. 우리가 겪는 많은 고통은 시간이 흐르면 나아지는 걸까. 최영건의 소설에는 늙어가는 사람의 눈에 비치는 스러짐이 있다. 그 눈에 비친 인생은 자기혐오, 고독, 거짓말, 비밀, 폭력, 수치심, 욕망으로 조금씩 무너져 내린다. 멀리서 보면 여전히 아주 오래되고 거대하며 아름다울 이 목재 저택을 예민한 렌즈로 들여다보며, 최영건의 소설은 일상에서 미처 감각하지 못했던 미세한 균열을 잔인하게 해부한다. 고요하고 우아한 인생 아래 흐르는 폭발할 것 같은 긴장감, 그리고 그 안에서 보이지 않는 속도로 조금씩 스러져가는 것들은 무섭고 강렬하며 아름답다.

수초 수조

1판 1쇄 찍음 2019년 7월 5일
1판 1쇄 펴냄 2019년 7월 12일

지은이 최영건
발행인 박근섭, 박상준
펴낸곳 (주)민음사

출판등록 1966. 5. 19. (제16-490호)
서울특별시 강남구 도산대로1길 62(신사동) 강남출판문화센터 5층
대표전화 02-515-2000 팩시밀리 02-515-2007
www.minumsa.com
ⓒ 최영건, 2019. Printed in Seoul, Korea
ISBN 978-89-374-3997-1 03810